KB155374

# 혼자 살기 지겨워졌다

김윤진

warm gray and **blue**

# 이야기 순서

1부

## 내 짝은 어디에

### 1장 모두의 염원



### 2장 독거 중년의 웃픈 일상



### 3장 떠돌이 신세

2부

## 드디어 정착

### 1장 40대의 연애



### 2장 무늬만 스몰웨딩

3부

# 결혼은 인생의 전환점이 맞더라

1부

# 내 짝은 어디에

20대에는 사회에 적응하느라 바빴고,
30대 중반까지는 연애와 자기 계발 중
지금 당장 할 수 있는 것에 집중했지만,
30대 후반부터는 밑 빠진 독에 물 붓기처럼
뭘 해도 공허함이 몰려왔다.

혼자서는 이제 뭘 해도 재미가 없다.
그렇게 좋던 해외여행도, 주말에 배우는 각종 클래스도.

1장

# 모두의 염원

# 내돈내산 결혼정보회사 가입기

### *서른아홉에 남자를 만나는 방법*

"36살에 결혼하겠는데?"

"그렇게나 늦게요? 거의 30대 후반인데요?"

"늦게 결혼하는 사주야.

직장생활 하면서 천천히 인연 찾으면 되지."

20살에 찾아갔던 용하다는 역술가도

36살에는 간다고 했었다….

나도 내가 39살까지 혼자 살 줄은 몰랐다. 흔히들 말하는 어려운 가정형편에도 불구하고 열심히 산 인생이었고, 그간의 성취로 봤을 때 결혼이란 것도 내가 마음만 먹으면 되는 일인 줄 알았다.

20대의 나는 171cm의 큰 키에 늘씬한 체형으로 인기도 많았다. 내세울 건 '안정적인 직장' 뿐이었지만 도도했고, 연애에서 늘 우위에 있었기에 그런 위치가 언제까지나 이어질 줄 알았다.

30대 후반의 나는 남들이 보기에 석사 유학까지 마치고 온 번듯한 공무원이었다. 서른아홉이 될 때까지 직장에서 많은 시간을 보냈고, 자기 계발에도 부지런을 떨었다. 사실, 난 워커홀릭도 아니고, 내 가치를 높이기 위해 노력하는 부류도 아니었다. 하지만 연애는 하고 싶어도 내 마음만 가지고는 할 수 없으니, 내 의지대로 할 수 있는 것들에 더 집중하며 살았다는 것이 정확한 표현인 것 같다.

서른아홉.

더 이상 주위 사람들로부터 소개팅 따위는 들어오지 않았고, 부모님은 도대체 언제 결혼할 거냐며 계속 압박을 주었다. 재촉만 하지 말고 맞선이라도 물어다 주면 못 이기는 척 나갈 마음도 있었지만, 평범하지 않은 집안 사정으로 '엄빠 찬스'마저도 없었다. 직장에서 알게 된 미혼 친구가 '엄마가 마담뚜에게 자기 프로필을 보내서 내 신상정보가 돌아다니고 있는 게 불만이다.'라고 불평할 때마다 나는 오히려 그녀가 가지고 태어난 당당한 집안 환경이 부러웠다.

언제부터인가 주말이 지난 월요일 아침에 직장 동료들의 "주말에 뭐 했어요?"라는 질문을 못 받은 것 같다.

물론 주말 내내 집에서 혼자 지내며, 말 한마디 안 했던 적도 많았기에 딱히 대답할 내용도 없긴 했다. 그럼에도 마음이 쓰였던 이유는 30대 초중반까지는 매주 받던 질문이 없어지는 현상이 나를 '나이 많은 싱글녀'로 대하는 조심스러움으로 느껴졌기 때문이다. '남자 친구는 있는지', '주말에는 뭐하고 지냈는지' 같은 질문은 쉽게 해서는 안 될 것 같은 존재가 되었다고나 할까?

'이거다!'

39살의 6월, 회사 내부 게시판에 '1년간 서울에서 파견 근무할 직원'을 모집한다는 공지가 올라왔다. '이렇게 살다간 가족도 친구도 없는 이 도시에서 혼자 직장생활만 하고, 퇴직하고도 혼자 외롭게 살겠지.'라는 생각이 들던 차에 '서울 근무'가 전환점이 될 것 같았다. 반짝이는 서울의 불빛처럼 거기에서는 나의 인생도 뭔가 다채롭고 빛날 것 같은 환상에 파견근무를 신청해 버렸다. 그리고 다짐했다. 마트에서 100원짜리 비닐봉투도 사지 않고 팔 한가득 바리바리 줄줄 흘리며 들고 가는 나지만, 서울에서의 1년 동안은 돈을 아끼지 않겠다고. 그게 취미가 됐든 단순한 소비가 됐든 뭐든지 간에. 아주 나중에 혼자 외로움에 사무치더라도 '해볼 것은 다 해봤잖아.'라고 스스로 위안할 수 있도록 결혼정보회사(이하 결정사)에 가입해서 마지막 시도는 해보기로.

막상 서울 생활이 시작되고 이 나이에 직접 결정사를 찾아가려니 패배자가 된 느낌이 들어 잠시 주저했다. 좋아하는 빵지 순례, 맛집 탐방을 하는 순간에도 외로움은 그대로였고, 서울의 화려한 불빛 속에 혼자 있다는 것이 더욱 외롭게 느껴졌을 때, 나는 퇴근 후 유명한 결정사를 찾아갔다. 유명하면 가입자가 많을 것이고 뭔가 가능성이 높지 않을까 하는 생각에.

입담 좋은 상담 매니저와 단둘이 상담실로 들어간 순간, 나의 미래는 이미 결정이 났는지도 모르겠다. 나이에 비해 외모 관리가 잘 되어있고 긴 머리라서 다행이라는 그녀의 말 한마디에 기분이 좋아졌다가, 나이대가 있으니 더 세심한 관리가 필요하다는 말, 내가 생각한 금액보다 100만 원 비싼 상품을 권유하는 멘트에 약간 주눅도 들면서 난 이미 그녀의 장단에 놀아나고 있었다. 오전에 전화로 문의했을 때에는 200만 원대 상품이 있었고, 백만 원씩 비싸지는 상품 중에 나는 300만 원짜리를 생각하고 상담을 갔다. 하지만 가입자 연령은 30대 초중반이 주류여서 내가 원하는 사람을 찾기가 힘들 것이고 한 명의 매니저가 관리하는 회원 수도 많다는 그녀의 얘기에 나는 400만 원을 결제해 버리고 말았다. 총 10회 만남에 400만 원을 지불했으니, 어릴 때는 자주 했던 소개팅을 건당 40만 원씩 선불로 결제한 셈이다.

결정사의 가입 과정은 돈만 낸다고 끝이 아니다. 나를 보여주고, 내가 원하는 사람을 알려줘야 하는 과정이 남았다. 회원가입 서류에 고등학교 이후부터의 학교명, 직장명, 연봉, 재산 수준 뿐만 아니라 부모님과 형제자매의 최종 학력과 직장명까지 기입하며 소위 말해 현타가 왔다. 서류상에 적어야 하는 나의 조건 중 내세울 건 내 직장뿐이라는게 눈으로 보였다. 여기는 대부분 항목이 평범하거나 일부 특출난 사람들이 더 적합한 곳이 아닐까 하는 생각이 들기도 했지만, 39살에 여한 없이 마지막 시도는 해보기로 했으니 용기를 내서 가입 절차를 계속 이어 나갔다.

드디어 이 결정사 가입 목적인 내가 어떤 사람을 만나고 싶어 하는지 매니저가 물었을 때 나는 행복회로를 굴리며 돈을 주고 하는 소개팅이니, 내가 생각하는 이상적인 조건은 가감 없이 얘기했다. 조건마다 아주 최고를 원하는 건 아니었으므로 내 기준은 평범하다고 생각했는데 다섯 항목의 교집합을 찾아 나와 잘 맞는 코드 검증까지 한다는 것이 얼마나 어려운 것인지 그때는 정말 몰랐다.

- 키는 나보다 작지 않으면 좋겠다(175cm 이상).
- 직업은 공기업, 대기업 또는 전문직이면 좋겠다.
- 큰 재력은 필요 없으나,
  평범한 정도보다는 나은 수준이었으면 한다.
- 나이는 최대 4살 많은 것까지는 괜찮다.
- 성격은 까탈스럽지 않고 좋은 사람이었으면 좋겠다.

결정사 가입 과정은 집으로 돌아오고 나서도 계속되었다. 상대 남성에게 보내지는 나의 자료는 회원 서류에 기입한 나의 학력, 직장, 가족 정보뿐만 아니라 내 사진과 다섯 줄 내외의 셀프 소개 멘트가 들어간다. 사진과 소개 멘트를 매니저에게 보내 '괜찮다'는 의견을 받아야 비로소 끝이 나는 것이다.

핸드폰 사진첩에서 혼자 찍은 사진을 찾다가 '얼마나 재미없게 살았길래 사진 한 장이 없나.' 푸념하며 2년 전에 찍은 독사진을 발견했다. 하지만 피부나 배경이 어둡게 나와 좋지 않다는 그녀의 의견에 결국에는 4년 전까지 거슬러 가서 겨우 한 장을 건졌고, 입사

한 이후로 십몇 년 만에 써본 자기소개는 대대적인 수정작업을 거친 후 두 번 만에 통과하며 가입 절차를 모두 끝냈다.

드디어 39살의 8월, 인생의 첫 맞선이 시작된다.

## 혼자 사는 곧 마흔 딸을 둔 엄마의 마음

### *엄마의 자랑거리가 아픈 손가락으로 바뀌었다*

"너랑 동갑이고, 와이프가 바람피워 이혼했단다. 애는 없대."

마흔을 일 년 앞둔 설 연휴에 부모님 댁에 갔더니 엄마가 갑자기 집 근처에서 커피 한잔 마시고 오라면서 한 말이다. 운동복 한 벌로 4일째 지내고 있던 나에게 엄마는,"이렇게 나가도 괜찮아, 자연스럽고 좋지."라며 자꾸 일어나라고 몸을 밀친다. 넘치는 기름으로 이미 선을 넘어버린 머리에 이 옷 그대로 바로 나가라는 것에 당황했고, 소위 말하는 '재취 자리'를 그것도 친엄마가 나가라고 하는 것에 너무 화가 났다.

"싫어! 싫다고!! 지금 나보고 그런 자리에 나가라는 거야? 그런 사람은 어떤 트라우마를 가지고 있을지 모른다고!! 자꾸 그러면 나 명절에 안 온다!!"

다 모인 가족들 앞에서 크게 소리를 내고는 이미 창고가 되어버린 예전의 내 방으로 들어가 버렸다. 그러고 나서는 엄마와 데면데면하게 남은 명절 연휴를 보내고 혼자 사는 내 집으로 올라왔다.

집으로 돌아오면서도 '돌싱 소개팅'이 떠오르며 다음번 명절부터는 혼자 해외여행이나 가야겠다고까지 생각했다. 30대 초중반까지만 해도 명절을 보내러 본가에 가면 부모님은 엄청 반가움을 표현하며 타지에서 일하는 나를 짠해하기까지 했지만, 이제는 명절에 어디 갈 곳이 없으니 여기라도 오라는 식으로 느꼈다면 내 시각이 너무 삐뚤어진 것일까.

명절 연휴가 끝난 후 첫 출근날은 언제나 힘들다. 퇴근 후 혼자만의 짧은 휴식을 보내고 있는데 오랜만에 아빠 전화가 왔다.

"엄마한테 너무 서운해하지 마라, 너 마음 아플까 봐 얘기는 안 했는데 몇 년 전부터 너네 집에 갔다가 돌아오는 고속도로에서 엄마는 항상 운단다. 혼자서 모든 걸 해결하는 네가 안쓰럽고, 우리가 돌아가면 또 혼자 남은 네가 외로울까 봐 그런 것 같아."

아빠의 말을 듣고 마음 한켠이 아파왔다. 결혼을 하라는 걸 잔소리로만 치부했는데, 혼자 있는 내 모습을 보며 돌아서서 울기까지 했던 엄마 모습이 떠올라서.

엄마의 자랑거리였던 내가 30대 후반부터는 아픈 손가락으로 바뀌었다. 어릴 때부터 엄마의 자랑거리는 나였다. 어려운 형편에도 공부는 곧잘 해서 학창시절에는 '공부 잘하는 큰딸', 직장을 다니고 나서는 '좋은 직장에 다니는 큰딸'은 팍팍한 형편에도 엄마의 자존감을 지켜주는 무기였다.

"모임에 나가도 이제 자랑할 게 없어. 남들은 사위 자랑, 손주 자랑 하는데 나는 입을 꾹 닫고 할 말이 없다."

몇 년 전부터 시작된 엄마의 푸념을 나는, "자꾸 뭘 자랑하려고 그래. 다른 사람 시선은 왜 신경 써. 엄마는 그게 문제야."라고 뾰족하게 반응하곤 했다.

엄마와 서로의 감정을 허심탄회하게 얘기하는 스타일도 아니고, 부모가 되어본 경험도 없어서 엄마의 마음을 정확히 알 수는 없다. 하지만, 그동안 지겹게 들었던 결혼 압박이 타지에 혼자 있는 나를 걱정하는 마음에서 비롯된 것임을 깊게 느끼고 나서 엄마에게 전화를 걸었다. 물론, 평상시와 다름없이 서로의 안부를 묻는 게 대부분이었지만, 오늘따라 더 끈끈한 가족의 연이 느껴지는 순간이었다. 저 멀리서 나를 진심으로 걱정해 주는 누군가가 있다는 게 마음을 지탱해 주었다.

영어단어 외우기 숙제는 혼자 몇 번이고 외우고 되뇌면 완성할 수 있지만, 결혼이란 건 혼자 잘한다고 완성할 수 없는 숙제임은 분명하다. 주변 지인 중에는 "결혼은 타이밍이야. 결혼하고 싶은 시기에 옆에 있는 사람과 결혼했어."라는 사람도 있고, "연애하고 뭔가에 휩쓸려 눈떠보니 결혼했다."라는 사람도 있다. 그런 점에서 나의 타이밍은 아직 안 온 것일 수도 있고, 뭔가에 휩쓸리기에는 자신만의 신념과 기준이 확고해서 결혼이라는 것에 빨려 들어가지 않았을 수도 있다. 원래 뾰족하게 모가 난 나의 성격이 누군가와 함께할 수 있도록 둥글어지는 데는 남들보다 조금 더 시간이 필요한 것 같기도 하다. 결혼이란 게 나 혼자 노력한다고 해결할 수는 없는 것이지만, 부모님을 위해서라도 마음을 조금 더 여는 노력은 해보기로 했다.

## 결정사에서 만난 남자들 1

### *40만 원 쓰고 난 후의 허탈함*

'각종 포장지에 싸여 맛을 알 수 없는 40만 원짜리 초콜릿 중에,
어느 것을 골라야 할까?'

결정사에서 남자 3명의 프로필을 받고 난 후의 첫 느낌이었다. 나도 최대한 예쁘고 어리게 나온 사진을 골랐으니 상대들도 그럴 것이며, 직접 만나 대화해 보지 않고서는 어떤 사람인지 잘 모르겠는데 도대체 누굴 골라야 할지 감이 안 잡혔다. 얼굴을 보고 마주 앉는 순간 1회가 차감되기 때문에 신중에 신중을 기할 수밖에 없었다. 물론, 내가 심사숙고해서 고른 남자를 다 만날 수 있는 것은 아니다.

내가 경험한 결혼정보회사의 기본적인 시스템은 이렇다.

1. 내가 원하는 조건에 맞는 남자 3명의 정보(고등학교 이후부터 학교명, 직업, 가족관계, 부모님 직업 등)를 받는다.

2. 그중 내가 만나보고 싶은 남자를 선택한다(1명을 골라도, 3명을 골라도 된다). 마음에 드는 사람이 없다면, 다시 새로운 남자 3명의 프로필을 회사에 요구한다.

3. 내가 선택한 남자에게 나의 프로필 정보가 보내진다. 즉, 이 여성회원님이 당신을 만나고 싶어 하는데, 만날 의향이 있는지 묻는 것이다.

4. 남성도 나를 만나보고 싶다면 매니저가 둘이 만날 약속장소와 시간을 정해주고 만나는 당일이 되면 상대방의 핸드폰 번호를 받게 된다.

5. 만약, 그 남성이 나를 보고싶어 하지 않는다면, 1번으로 돌아간다. 만남은 없었으니, 10회 만남에 400여만 원을 결제한 그 상품에서 횟수는 차감되지 않는다. 단지 나의 마음만 상처 입을 뿐이다.

말로 대강 설명하는 지인 소개팅과는 확실히 달랐다. 다양한 직업과 외모로 채워진 자료를 보면서 마치 그간 못 보던 물건을 쇼핑하듯이 신나게 이런 조건 저런 조건을 비교했다. 어차피 40만 원짜리 소개팅인데, 이왕이면 다홍치마라고 조건 좋고 잘생긴 사람을 골라서, 생활비 걱정 없이 살고 싶다는 생각까지 들었다. 우리 엄마는 거기에 더해서 누나는 보통 이것저것 챙겨주니 괜찮지만, 여동생이 있으면 피곤하다는 추임새까지 넣었다. 그러다 문득 나의 프로필도 이 정도로 자세하게 가겠구나 생각이 되니 약간의 걱정과 위축된 감정도 함께 오면서, 첫 선택은 안전하게 가기로 했다. 이 세계에 첫 발을 디딘 내가 서류에서 퇴짜 맞아 아파하지 않도록.

'완벽해 보이는 이 사람은 왜 아직도 결혼은 안 하고 여기에 있을까? 선수 아냐?', '과학고 출신의 억대 연봉자가 날 선택해 주겠어?'

이런저런 생각에 3명 중에서는 평범한 학벌에 키가 크고 통통해서 성격 좋을 것 같은 분을 선택했다.

나의 절친은 그 사람은 외모가 너무 아저씨 같고 곰 같다며, 외모도 보던 내가 도대체 왜 그러냐며 계속 구박을 했다. 하지만 그분도 나를 보겠다고 했을 때 나는 안도했다. '역시 아직 죽지는 않았어!'

두 사람의 위치를 고려해서 매니저가 정해준 장소를 받았고, 며칠 전부터는 예의상 야식 정도는 먹지 않았다. 이게 얼마 만에 하는 소개팅인데… 그것도 40만 원짜리.

언제나 그랬다. 사진은 실물과 다르다. 왜 몰랐을까. 내 사진도 다르니, 상대방 사진도 그렇다는 것을. 사진보다 더 흰머리가 많고, 더 뚱뚱한 아저씨가 말을 걸었다.

"혹시 ooo 씨 아니세요?"

"아… 안녕하세요? xxx 씨죠?"

"네! 저쪽 테이블로 가실까요?"

"예…."

토요일 낮의 카페는 사람이 많았고, 옆 테이블

은 우리 엄마 또래의 몇 분이 일상적인 얘기를 하고 있었다. 두 시간 동안 지금껏 살아온 얘기부터 회사 생활까지 쉬지 않고 말하는 그분께 가끔은 사회적인 미소로 고개를 끄덕이는 리액션을 하면서, '이런 얘기를 들으면 바로 맞선 보는 줄 알겠지?'라고 신경도 쓰면서… 피곤한 2시간이 지나갔다. 아메리카노 한잔에 2시간 동안 떠든 그는 몹시 목말라 보였지만, 셀프바에서 물을 가져다줄 정도의 호의조차도 내겐 남아 있지 않았다.

사실 그와는 한 번 더 만났는데, 마흔이 되기 전에 결혼 상대를 찾고 싶다는 나의 절박함과 그분이 가진 안정적인 환경을 놓친 것이 나중에 아쉬울까 봐 애프터 신청에 응한 것이다. 하지만 상대방 말을 두 시간 들으면서 학창 시절 영어 듣기평가보다 더 피곤함을 느끼고, 정말 미안한 얘기지만 '둘이 손을 잡고 걸어갈 때 설렘을 느낄까', '결혼해서 저분이 휴일 내내 목 늘어진 러닝셔츠를 입고 씻지 않은 머리로 집안을 돌아다녀도 좋은 감정, 아니 적어도 아무렇지 않게 받아들일 수 있을까' 생각해 보고는 도저히 안 될 것 같아서 정중히 거절했다.

연애를 하며 만난 사람이었다면 서로에게 호감이 쌓이면서 점점 일상생활을 공유해 나가지만, 40대의 맞선은 세 번 정도의 만남으로 결혼 의향이 있는지 정하는 느낌이었다. 천천히 쌓아나간 감정이 없으니 만남 초반에 상상으로 이 사람과 같은 화장실을 사용하고, 지금보다 더 후줄근한 외모로 소파에 늘어져 있는 모습을 참을 수 있을까를 판단 기준으로 삼은 것이다.

'와 정말 잘생겼다!'

두번째 맞선남은 수려한 외모의 항공사 파일럿이었다. 프로필을 받고 신경 쓰였던 것은 코로나 시대에 월급은 제대로 나올까 하는 것 뿐이었지, 어느 하나 마음에 들지 않는 것이 없었다. 만약 이 프로필을 결정사에 가입하자마자 받았다면, 나는 섣불리 선택하지 못했을 것이다. 하지만, 첫 번째 만남에서 선택권이 나에게 있음을 한 차례 느낀 뒤라 자신감이 붙었는지 파일

럿과의 만남에 내 두 번째 기회를 사용했다. 처음의 호기와는 달리 맞선 날이 다가올수록 이 선택이 옳았는지 갈팡질팡했다. 십여 년간 스튜어디스들과 일을 했으니 외적인 기준이 높진 않을까 하는 생각에 자신감이 하락하기도 했고, 싫증을 잘 내는 나의 성격과 은근히 잘 맞는 직업일 수도 있겠다는 생각이 들기도 했다. 해외 비행을 나가면 집을 며칠 비울 것이고, 결혼 몇 년이 지나도 권태기 없이 신혼처럼 살 수 있지 않겠냐는 상상의 나래를 펼치기도 했다. 확실히 첫 맞선남을 만나기 전과 비교해서 이번은 이래저래 기대와 생각이 많았다.

두 번째 맞선남은 부드럽고 온화한 목소리였지만, '나를 비행기 탑승 고객으로 대하나' 할 정도로 일정한 거리가 느껴지는 기계적인 대화를 유지했다. 대중교통으로 왔다는 내 얘기를 듣고도 가는 길에 있는 우리 집 근처에 내려드릴지 묻는 호의도 없었다. 평일 퇴근 후 저녁 7시에 만나 초코라떼로 허기진 배를 약간 채우고는 딱 1시간 후에 커피숍을 나왔다. '내가 첫 번째 맞선남을 거절한 것처럼, 상대는 내가 마음에 안 들 수도 있지'라고 생각하면서도 첫 번째 맞선으로 하늘을 찔렀던 내 자존심은 무너졌다. 너무 아픈 나머지 이런 생각마저 들었다.

'그 사람 알바생 아냐? 그래, 알바생에게 1시간에 10만 원 정도를 주고, 나에게서는 1회 사용권(40만 원)을 차감한다면 결정사 입장에서는 이익이지.'

나의 무너진 자신감은 다음날 결정사 매니저의 확인 사살 통화 후 아예 바닥을 쳐버렸다. 매니저는 상대방이 나를 좀 더 보고 싶어 하지는 않는다고 친절히 전달했고, 나는 또다시 새로 시작하는 마음으로 3명의 프로필을 받았다.

새로운 누구에게 호감을 느끼기 위해서는 복잡미묘한 감정선이 필요하고, 설사 상대방의 호감을 못 받았다 하더라도 내 잘못이라기보다는 서로 맞지 않기 때문이라고 머리로는 생각하고 있다. 하지만, 이런 경험이 처음도 아닌데 더 아프게 느껴지는 건 앞으로 주어질 기회가 더 없다는 조급함에서 증폭된 것은 아니었을까?

## 결정사에서 만난 남자들 2

### *마지막 몸부림*

"사업하는 남자분은 어때요?
재력도 있으시고, 사업하는 분이 직장인보다 괜찮을 수 있어요.
키는 좀 작은데 나머지가 다 커버가 되니 한번 만나보시면 어떨까요?"

앞선 직장인 두 명과의 맞선 이후 매니저는 강남 8학군을 나왔다는 사업가를 추천했다. 별 볼 일 없는 나의 학벌에 상대방의 학벌을 따져가며 만날 생각은 아니었지만, 나를 가둬뒀던 조건들에서 탈피해 보자는 생각에 나랑 키가 똑같다는 사업가는 나의 세 번째 맞선남이 되었다.

돈은 확실히 많아 보였다. 결혼정보업체가 주선한 첫 만남에서 보통은 남자 쪽이 계산하기 때문에 첫 만남은 주로 커피숍으로 정해진다. 약속 시간은 식사 시간과 관계없는 오후 3시가 일반적이다. 마음에 안 들면 커피 한 잔 마시고 일어나면 되고, 마음에 맞다면 저녁까지도 이어질 수 있는 시간대인 것이다. 사업가와의 만남이 토요일 12시, 스테이크를 파는 레스토랑으로 잡혔다. 즉, 불확실한 상황에서도 스테이크 2인분은 낼 여유가 있다는 것이다.

맞선을 가기 몇 시간 전 엄마에게 전화가 왔다. "산 좋고 물 좋고 경치 좋은 정자(亭子)는 없어. 나는 네가 돈 걱정 없이 그런 집에 시집가서 편하게 사는 것도 좋을 것 같아." 엄마의 얘기도 있었기에 상대방을 최대한 긍정적으로 보려 노력했지만, 만난 지 10분쯤 지났을 무렵부터 보인 간간이 욕설이 섞인 거친 말투, 호감에서 비롯된 것인지는 알 수 없지만 너무 과한 내 몸에 대한 칭찬에 스테이크가 나오기 전부터 이미 내 마음은 싸늘하게 식어갔다. 잠시 정적을 깨고 그가 물었다.

"어떤 스타일 좋아해요?"

"같은 공간에서 굳이 뭘 하지 않아도 편하고, 같이 뭘 하면 더 재미있는 그런 단짝 친구 같은 사람이면 좋겠어요."

결정사를 통해 서로 원하는 조건이 맞아 생긴 만남에서 하드웨어가 아닌 소프트웨어를 가장 먼저 얘기한 내 대답을 듣고 그는 황당하다는 표정을 지으며 말을 이어 나갔다.

"지금 단짝 친구 몇 명 있어요? 내 경우는 그런 친구는 하나도 없는 것 같은데?"

"음…. 한 세 명 정도 있는데요. 왜요?"

"내가 통계학을 전공했어요. 자, 내 얘기 잘 들어봐요. 초등학교부터 치면 초중고 12년간 같은 반 친구들 50명씩 잡으면 600명에다가, 학원 친구, 대학교, 동아리, 직장생활 10년간 동료들까지 최소한 1,000명은 같은 공간에서 지냈는데, 그중에 단짝이 3명 있다는 거잖아요. 0.3%네요." 생각지도 못한 그의 설명에 나는 말문이 막혔다.

"그런 조건이 가장 어려워요. 앞으로 100명을 만

나도 못 만날 확률이 높죠, 0.3%인데. 차라리 재력, 외모 같은 명확한 조건이 쉽죠."

사업가와의 만남은 한 번뿐이었지만 그 0.3%의 확률은 내 뇌리에 깊숙하게 박혔다. 덕분에 많은 생각이 들었다. 누군가를 만날 기회조차 없어서 39살에 결정사에 가입했고, '어떤 직업의 남자를 원하냐? 나이 차이는 몇 살까지 괜찮냐? 키는 얼마까지 괜찮냐?' 이런 물음에 내가 바라는 이상적인 기준을 얘기하긴 했다. 하지만 20대에 그렇게 열광했던 명품 가방도 30대 중반 이후에는 관심이 없어진 것처럼, 30대 중후반 언제부턴가 '편한 친구 같은 사람'이 최우선 순위가 된 것도 사실이다. 10년 넘게 혼자서 편하게 잘 살았는데 부유하고 잘난 남자와 결혼해서 시댁이다, 뭐다 불편하고 신경 쓰이는 삶을 살 자신도 없었다.

세 번의 맞선을 끝낸 후 이런 제비뽑기를 계속하는 게 맞는 걸까 하는 회의감이 들기 시작했다. 성격이나 유머 코드 등은 확인할 방법이 없으니 나이, 직업 등의 자료를 보고 고르긴 골랐는데 막상 마주 앉아 얘기하면 '꽝'이었다. '내가 이 사람을 왜 선택해서 아까운 40만 원을 날렸을까?' '돈 쓰고 시간 쓰며 웬 사서 고생인가' 생각하며 터벅터벅 집에 돌아오는 길이 얼마나 씁쓸하던지.

정말 미안한 얘기지만 (나를 포함해서) 내가 만나는 상대방들이 아울렛 상품같이 느껴지기까지 했다. 백화점에서 제철에 팔리지 못하고 아울렛으로 건너와 소비자의 선택을 기다리는 재고상품들. 뭔가 한두 개씩 하자가 있지만 소비자가 어느 정도의 하자까지 받아 줄 수 있는지에 따라 팔리게 될지 아니면 악성 재고로 남게 될지 결정되는 아울렛 시장. 하지만 이런 부정적인 생각은 잠시 잊기로 하고 마지막으로 딱 한 명만 더 만나보기로 했다. 근무지와 거주지를 서울로 옮기면서까지 먹었던 마음을 떠올리면서 나중에 생각해도 여한이 없도록.

네 번째 맞선남은 겉보기에 아주 효자였다. 주말마다 부모님을 모시고 강원도며 충청도며 여행을 다닌다고 주말에는 볼 수가 없었고 평일에만 시간이 난다는 나보다 5살 많은 직장인이었다. 나 같은 상대가 여러 명 있어 시간 배분을 하는 것이었는지 알 수는 없었지만 세 번 정도 만나고 집으로 가는 지하철 안에서 그의 마지막 질문에 나는 답하지 못했고, 그는 더 이상 연락이 없었다.

"궁금한 게 있는데요, 실업계 고등학교를 나왔던데, 왜 그랬어요?"

"아…. 얘기가 좀 긴데, 다음에 만나면 말씀드릴게요…."

"궁금한데, 짧게 지금 얘기해 줘요. 안 돼요?"

이렇게 네 가지 직업군과 각각 40만 원씩, 총 160만 원짜리 직업 탐구는 끝이 났다.

# 결정사, 환불해 버렸다

## *65만 원 vs 맞선 6번*

"매니저님, 저 환불 처리 부탁드립니다."

"환불하시면 돌려받는 금액이 정말 얼마 안 돼요.
아직 6번이나 남았는데, 계속 만나보는 게 더 낫지 않아요?
너무 아까운데…."

"상관없어요. 그냥 환불 처리 해주세요."

"진행 과정에서 무슨 안 좋은 일이라도 있으셨어요?"

"아니요. 전 그냥 자연스럽게 만나는 게 더 적합한 사람 같아요."

160만 원짜리 직업 탐구를 하고 난 후, 남자 세 명의 프로필을 받는 그 쳇바퀴에서 내리고 싶었다. 골랐다가, 위축되었다가, 들떴다가, 실망(선택-위축-설렘-실망)하는 감정 변화를 더 이상 겪기 싫었고, 주말에 한껏 준비해서 길어봤자 2시간 만나고 집으로 다시 돌아오는 허무함도 이젠 싫었다. 허탈하게 돌아온 후 안 좋은 기분으로 주말을 보내는 게 싫어서 평일 저녁에 맞선을 보기도 했지만 내가 느끼는 감정과 허무함은 평일이나 주말이나 비슷했다.

환불 금액은 65만 원이었다. 내가 가입한 400만 원짜리 상품은 5회 만남에 서비스 5회가 포함되어 있었는데, 가입할 땐 그냥 10회 만남이라고 하면 되지 왜 저렇게 설명할까 싶긴 했지만 길게 묻지 않았었다. 아마, 가입 약관에 설명이 있었을 텐데 내가 자세히 보지 않은 탓이다. '5+5'의 의미는 환불할 때 비로소 알게 되었다. 우선 가입비 400만 원의 20%를 위약금으로 떼고, 남은 금액(약 320만 원)을 잔여 횟수만큼 돌려주는 것이 규정이었다. 10회를 기준으로 했다면, 4번을 만나고 환불을 요청했으니 6회만큼의 금액을 받았겠지만, 내가 가입한 상품은 5+5였다. 즉, 5회는 서비스라서 환불 대상이 아니었다. 5회를 기준으로 하면 1회가 남았으니 그만큼만 환불되는 것이다. 결국 65만 원 받을래, 맞선 6번 더 볼래 선택지에서 난 환불을 택했다. 그래도 아직 건질 돈이 있을 때.

보통 여자들은 나이 앞자리 숫자가 바뀔 때 심란

하고 우울해진다. 나 역시 39살이 되니 주변에서 "요새 불혹은 아무도 나를 유혹하지 않는다는 뜻이야"라며 부쩍 나를 놀리기도 했다. 근데 또 막상 거울을 보면 그게 100% 장난인 거 같진 않아서 내년부터 40대로 살아야 한다는 게 너무 무서웠다. 쳇바퀴 같은 일상에서 늘 나이를 의식하며 살지도 않았고, 가끔 새로운 사이트에 회원가입을 할 때에나 스크롤을 한참 올려서 저 위에 있는 출생 연도를 클릭하며 나이를 실감하는 정도였다. 그런 상황에서 30대로 산 기간이 얼마 안 된 것 같았는데 곧 40대로 살아야 한다는 조급함이 그 비싼 결정사 가입에 가장 큰 펌프질이 되었다.

돌아보면 김광석의 '서른즈음에'를 입과 귀에 달고 살았던 29살에도 그 '조급함' 때문에 조금 특이한 경험을 했다. 평소와 다름없는 평일 낮. 회사 서무팀에서 보낸 아주 거창한 사내 메일 한 통을 받았다. 메일 제목은 '저출산 고령화 대책의 일환인 단체미팅 참가자 모집'이었다. 20대 후반부터 30대 초반 사이의 여직원들에게 보내진 메일에는 신청자의 비밀은 보장될 것이며, 우리 회사 여직원 30명과 결혼정보업체에서 추천받은 남자 30명이 참여하는 단체미팅의 참가 희망자를 모집한다고 적혀있었다. 참가비는 5만 원인데 미팅 장소가 롯데호텔이고 식사를 제공한다니 그리 비싸 보이지는 않았다. 반나절 고민한 끝에 친한 동료 몇 명과 함께 나가보기로 했다. 어릴 적 즐겨 보았던 VJ특공대 속 단체미팅이 궁금하기도 했고, 내년이면 30대가 되어버리는데 한 살이라도 어릴 때 멋진 이성을 만나고 싶기도 했다.

미팅장에 도착하고 보니 회사 내에서 참가자 비밀 유지는 불가능할 것 같았다. 나이대가 비슷한 여직원들이기에 친하지는 않아도, 이름은 몰라도 얼굴은 낯익은 사람들이 대부분이었다. 서로를 의식하며 목례를 하기도 하고 그런 사이도 안되는 사람들끼리는 눈을 옆으로 흘겨보기도 했다. 평소 출근 시와 복장, 메이크업이 얼마나 다른지 평가하면서.

자기 번호(여자 1번~30번)를 가슴에 달고 4시간 동안 30명의 남자를 만난다는 것은 20대의 체력에도 굉장히 피곤한 일이었다. 4인 좌석 테이블 한쪽에는 여자 2명, 반대쪽에는 남자 2명이 앉는데 여자는 자리에 가만히 앉아 있고 남자들은 2명씩 짝을 이뤄 5분마다 옆 테이블로 옮기면서 모든 참가자가 5분씩 대화하는 방식이었다. 자기소개를 15번 반복해야 했고 괜찮은 상대를 잊지 않기 위해 번호를 기억하거나 주최 측에서 나눠준 종이에 상대방 번호나 특이 사항 등을 기록해야 하는 멀티태스킹 미팅이었다. 놀라웠던 건 이 짧은 만남 속에서도 적지 않은 커플이 탄생했다는 거다. 난 커플이 되지 않은 직원들과 커피숍으로 이동해서 단체 미팅에 대한 호기심이 풀렸으니 그걸로 만족한다며 애써 의연한 척을 하고는 집으로 돌아왔다.

29살 단체미팅, 39살 결혼정보업체 맞선, 그리고 그사이에 적지 않은 소개팅에서 사실 나의 태도에도 문제는 있었다. (쉽게 범접할 수 없는 강인한 내 외모는 논외로 한다.) 소개팅 후기를 공유할 때마다 주위 사람들은 "왜 또, 뭐가 문젠데?"라고 시작할 정도로 테이블에 마주 앉은 한두 시간 동안 나는 상대의 흠집 찾기에 더 몰두했다. 단 하나의 흠도 없는 사람을 찾고 싶었던 건지, 아니면 거절당했다는 상처를 받기 싫어서 먼저 마음에 안 드는 사유를 찾았던 것이었는지는 아직도 정확한 내 마음을 모르겠다. 둘 다 일지도. 지금 생각해도 '상대방의 치아가 너무 쌀알처럼 작아서 싫다.'라고 했던 건 좀 과했다. 더군다나 더 조급해진 39살 결혼정보업체를 통한 맞선에서는 나의 말과 행동이 일치하지 않았다. 성격을 우선으로 본다고 하면서, 소프트웨어 검증은 서류상으로는 어려우니 거를 것은 스펙밖에 없다며 남성 프로필을 받자마자 이런저런 조건을 다 비교했다. 예를 들면 고등학교 졸업 10년 후에 대학교에 입학한 사람은 '뭔가 문제가 있지 않을까?' 생각하여 스킵 하기도 했고, 대학교를 10년 이상 다녀 입사한 지 2~3년밖에 안 된 프로필을 보며 모아둔 돈이 별로 없을 것 같아 역시나 패스했다.

결국은 누가 봐도 괜찮은 직장, 보통의 외모, 보통 이상의 학벌을 선택했고, 맞선 자리에 앉아서는 성격, 유머 코드 등 소프트웨어 검증에 들어갔으니 단 4회의 만남에서 '그'를 찾을 순 없었을 것이다. 내가 프로필을 보고 선택한 사람들은 대부분이 혹하는 조건일 테니 나도 수많은 그녀들과 함께 불나방처럼 달려든 꼴이었다. 서류상으로는 뭐 하나 빠지지 않는 그들이 결혼정보업체까지 온 것은 아주 눈이 높거나 소프트웨어가 평범하지 않을 가능성이 높은데, 눈이 높은 건 내가 맞춰 줄 수가 없고 소프트웨어 역시 내가 받아들일 수가 없으니 어찌 보면 우리가 잘 되긴 힘들었다.

# 묻지 마, 주선자도 모르는 소개팅

### *영양가 없는 소개팅*

"미국에서 얼마 전에 한국 들어온 사람이래,
나도 직접적으로는 모르고 내 직장동료 남편의 동료라는데, 만나볼래?"
"겨우 하나 찾았다야, 키 크고 돈은 좀 있대. 나도 아는 건 그것뿐이야."
"키 173cm, 경기도에 자가 보유, 내 와이프 직장동료, 어때?"

서울에서 조용하게 소소한 행복을 느끼며 12월을 보내고 있었다. 집에 있는 시간이 많아지면서 혼자서라도 크리스마스 분위기를 느끼려 거실에 트리도 설치했고, 매일 저녁에는 트레이닝복을 입고 집 근처에 있는 하얏트 호텔에 갔다. 베이커리에 오늘 팔다 남은 50% 세일빵을 사러 가면서 호텔 로비의 반짝이는 불빛도 보고, 고급진 호텔 냄새를 맡으며 연말 분위기를 즐기고 있었다.

마흔을 한 달 앞두고 갑자기 소개팅이 쏟아져 들어왔다. 서울 파견근무가 결정된 여름부터 친구들과 지인들에게 좋은 사람 있으면 꼭 소개해 달라고 농담 반 진담 반으로 얘기를 해놓긴 했었다. 그동안은 감감무소식이었다가 이렇게 갑자기 3건이 들어오다니. 당황스러우면서도 웃겼던 건 우연의 일치처럼 3건 모두 주선자가 소개팅남을 본 적도 없다는 것이었다.

중학교 동창인 은영이는 나의 싱글생활을 적극 지지하는 워킹맘이다. 15년째 같은 직장에 다니며 딸 아이를 키우는 K-직장인 엄마는 내가 결혼하고 싶다고 할 때마다 그냥 연애만 하고 살라고 나를 회유하기도 했고, 딸이 정말 예쁘지만 자신의 모든 걸 갈아 넣고 있는데 이걸 감당할 수 있겠냐며 나의 환상을 깨주기도 했다. 그랬던 그녀가 내가 결혼정보업체를 환불했다는 얘기를 듣고는 주변 사람을 탈탈 털어 자신의 직장 동료 남편의 직장 동료 전화번호를 주었다. '큰 기대는 하지 말고 평일 저녁에 같이 밥 한 끼 해라.'라는 말과 함께. 소개팅 장소는 마음에 들었다. 불금에 딱 맞는 광화문 디타워의 캐쥬얼한 멕시칸 식당. 그때는 몰랐다. 소개팅 장소로 핫플레이스가 얼마나 위험한 곳인지.

퇴근 후 걸어서 10분 정도 일찍 디타워에 도착했다. 우선 1층 로비에서 만나기로 했기에 출입문 근처에 자리를 잡았다. 오고 가는 사람들을 무심한 듯 쳐다보는데 내 가슴이 약간 두근거리는 걸 느꼈다. 금요일 저녁에 처음 와본 디타워 분위기는 내가 조금 전까지 있었던 직장의 것과는 완전히 달랐다. 깔끔한 정장을 입고 광화문에 근무하는 세련된 직장인들을 모두 모아놓은 이 분위기에 나도 모르게 이제 곧 도착할 소개팅남을 기대해 버리고 말았다. 회사에서 나올 때 외모 점검을 하고 왔는데도 굳이 근처 화장실에 가서 거울을 한 번 보고, 화장을 한 번 더 고치면서.

정말 미안한 말이지만, 한 남자가 내 앞에 다가와 내 이름을 불렀을 때 나는 절망했다. 1층 로비에서부터 2층 멕시칸 식당 테이블까지 걸어가며 마주쳤던

셀 수 없이 많은 매력남과는 거리가 멀었고, 내가 지금껏 봤던 직장 동료, 소개팅남, 학교 친구를 통틀어 가장 덩치가 큰 남자였다. 외모도 그렇지만 성격도 내 스타일이 아니었다. IT회사 직원답게 청바지에 점퍼를 입었길래 유연한 사고와 자유로운 대화를 기대했는데, 미국에서 한국에 온 지 얼마 안 돼서 한국의 직장문화가 너무 힘들다고 줄곧 불평하는 그에게 내 마음이 갈리 없었다. 내가 먼저 화제를 찾을 의지도 없어서 식당에서 주는 무료 나초를 세 바구니나 먹고는 (내 기준에서는 뭘 먹고 있으면 말을 좀 안 해도 된다) 배 속 포만감만 채운 채로 집에 돌아왔다.

대학교 친구 혜영이는 육아 때문에 좋은 직장에서 퇴사했으면서도 쉬지 않고 셀프 촬영 스튜디오 공간대여, 디퓨저 온라인 판매 사업 등을 하는 열혈 맘이다. 외향적인 성격과 사업을 하며 알게 된 다양한 인간관계로 인해 친구들 사이에서 발이 가장 넓다고 인정되는 그녀는 겨우 '매물'을 찾았다며 연락을 해왔다.

'39세 여자, 키 171cm, 세종시 거주, 5급 공무원' 문구로 그녀가 가진 모든 단톡방에 친구 신랑감 찾기 공개 구인까지 했다고 한다. 그 결과 겨우 한 명을 찾았고, 자기 친구가 아는 아주머니의 아들이라고 했다. 즉, 내 친구와는 본적도 없는 사람이었다. 친구도 사진은 못 봤지만, 키가 크고 돈은 좀 있다고 들었는데 이 나이에는 그 정도 매물도 찾기 어렵지 않냐며 나의 등을 떠밀었다.

그 남자의 전화번호를 건네받고 일주일쯤 지났을까. 모르는 번호로 문자 한 통이 왔다. 'ㅇㅇㅇ엄마입니다. 저희 아들과 소개팅 원하시나요? 원하신다면 날짜 잡아 보겠습니다.' 소개팅남의 엄마와 문자 연락은 난생처음이었다. 당황스러움을 넘어 제대로 된 사람이 맞을까 하는 의구심까지 들었지만, 정말이지 이걸 주선해 준 내 친구의 마음을 보고 눈 한번 딱 감고 나가 보기로 했다. 왜 슬픈 예감은 틀린 적이 없을까. 나는 사람마다 각자의 직업병이 있다고 생각한다. 예를 들면, 공무원으로 10년 넘게 근무한 나는 보통 사람들보다는 치밀하고 계획적인 측면이 있다. 미안한 얘기지만, 일반적인 회사생활이나 단체생활을 하지 않는 소개팅남은 내 기준에서는 사회성이 무척 적은 편으로 보였다. 그는 아버지와 함께 빌라건축 및 매매업을 하고 있는데, 쉽게 말해 1~2년의 기간을 가지고 괜찮은 땅을 보러 다니다가 적합한 땅을 찾으면 그 위에 빌라를 지어 되파는 일을 한다고 했다. 매일 나갈 필요는 없고, 일주일에 한두 번씩 땅을 보러 간다는 그의 말에 부유함을 느끼기는커녕 '그래서 자기소개 몇 마디도 어려워했던 걸까' 싶었으니 이번에도 음식이 나오면 빨리 먹는 수밖에는 없었다. (그래야 집에 빨리 갈 수 있다.) 내 눈도 제대로 못 마주치고, 자리에 앉자마자 본인의 이름만 얘기하고 입을 꾹 다물고는 다리를 쉬지 않고 떨었던 그 빌라왕과 헤어지자마자 번호를 차단해 버렸다.

두 번의 실속 없는 소개팅이 끝나고 좀 쉬고 싶긴 했다. 제대로 된 정보 없이 나가는 소개팅은 결혼정보

회사 맞선보다 더 힘든 부분도 있었다. 결혼정보회사는 조건은 보았으니, 서류상 안 보이는 소프트웨어 검증만 하면 되지만(물론 이것도 정말 어려웠다), 이 묻지 마 소개팅은 만나자마자 하드웨어(조건)와 소프트웨어(성격) 정보가 한꺼번에 들어오면서 이 폭포수 같은 정보들이 어디로 튈지 모르는 예측불허가 힘들었다. 하지만, 지금은 모든 싱글이 조급함을 느끼는 12월. 마른 수건의 물을 짜듯이 마지막 힘을 내보기로 했다. 혹시 모르니까.

하루에 가장 많은 시간을 함께 보내고, 점심도 같이 먹고 때로는 저녁도 같이 먹는 직장 동료와는 참 이상하게 깊이 친해지긴 어렵다. 함께 나눈 험담이 회사 내에 퍼질까 신경 쓰이기도 하고, 오늘의 친구가 내일의 적이 될 수도 있기에 직장 사람들과는 일정한 거리를 유지하는 편이다. 거리를 유지한 채 마음이 가는 직장동료는 한 발짝 정도 더 나아가고, 영 아닌 동료는 두 발짝 물러나 나를 보호하면서.

하지만 무엇이든 예외는 존재하는 법. 김 사무관님은 내가 마음 놓고 속이야기를 하는 몇 안 되는 직장 동료다. 내가 회사 아니면 집에만 있는 것을 안타까워하고, 제 짝은 어딘가는 꼭 있다며 용기만 북돋우던 그가 와이프의 동료를 소개해 줬다. 와이프가 다닌다는 회사는 우리나라에서 누구나 아는 회사였고, 더구나 내가 믿고 좋아하는 동료의 아내분이 좋아하는 직장동료라는 말에 뭔가 더 신뢰가 생겼다. 나중에 들은 얘기지만, 김 사무관님 부부는 본인들 각자가 좋아하는 두 명이 잘됐으면 좋겠다고 얘기하며, 결혼하게 된다면 선물로 뭘 받을까 하는 희망 회로까지 돌렸다고 했다.

착하고, 성실하고, 좋은 사람임은 분명했다. 하지만 세 번 정도 만나고 본인의 가정사를 울면서 얘기했을 때 나는 그 아픔과 가슴 속 어디까지인지 모를 우울을 감당할 자신이 없었고, 나의 흔들림을 본 그는 더 이상 연락을 하지 않았다. 지금 생각해도 그는 참 솔직했고, 나를 배려해 줬다. 보통은 누구를 만나서 막 시작하는 단계에서는, 연극 무대 위에 선 것처럼 자신의 좋은 점만 부각하려 하지 무대 뒤에 있는 자질구레한 소품이며 쓰레기 등은 감춰두는 법이니까. 이렇게 1년간의 서울 생활 마지막 소개팅은 끝이 났다.

마흔 살로 새해를 맞이하고 남은 7개월 동안 더 이상의 소개팅은 없었지만 혼자서도 행복하고 밀도 있는 서울 생활을 이어 나갔다. 평일 점심시간을 이용해서 회사 근처에 있는 세종문화회관에 미술 강좌를 들으러 가거나, 퇴근 후에는 이촌 한강공원에서 강바람을 맞으며 테니스를 배우기도 했다. 물론, 빵지 순례와 맛집 탐방도 주말마다 게을리하지 않았다. 돈을 주고 했던 많은 경험뿐만 아니라, 어떻게라도 인연을 찾아주고 싶어 했던 지인들의 따뜻한 마음을 느꼈고, 어릴 적 살았던 동네인 '해방촌'에 성인이 되어 다시 돌아와 희미한 기억을 되짚으며 동네 골목길을 산책하기도 한 행복했던 시간이었다. 그보다 더 알차게 보낼 수는 없었기에 다시 세종으로 내려갈 시기가 되었을 때

미련은 없었다.

하지만 나이가 들수록 혼자 이사하는 것은 점점 번거롭고 힘들다.

2장

# 독거 중년의 웃픈 일상

# 로망과 궁상 사이

***뷰만 좋은집 vs 가장 싼 전셋집***

혼자 사는 건 편하지만, 아쉬운 점도 참 많다.
내 경우 가장 아쉬운 건 크고 중요한 결정을 할 때
같이 고민할 사람이 없다는 것이다. 특히 부동산 계약이 그렇다.
혼자 집을 보고, 몇 년 치 연봉에 해당하는 거액을 주고
이 집을 계약 하는 게 맞는지 함께 고민할 상대가 없다.
물론 부모님이나 친구에게 조언을 구할 수는 있지만, 이 나이에 엄마나
친구와 같이 집을 보러 다니지는 않기에 그들의 조언에는 한계가 있다.
그래서 나는 부동산 큰손이 되고 말았다. 나는 전세나 월세 집을 보러
가서 마음에 들면 그 자리에서 바로 계약을 해버리고 만다.
결정을 나 혼자 했으니, 후회도 온전하게 내 몫이다.

1년 간의 서울 파견 생활이 결정되고, 가장 먼저 한 일은 집 구하기였다. 기간이 1년이니 월셋집으로 알아봤고, 조건은 딱 2개뿐이었다.

1. 거리 : 출퇴근 편의를 위해 직장 반경 5km 이내에 있을 것.

2. 로망 실현 : 내가 서울에 있다는 걸 느낄 수 있도록 주변 환경과 집안 뷰가 좋을 것.

* 물론 월세는 최대 60만 원으로 맞춰야 하는 가장 어려운 조건도 있었다.

우선 지도 어플로 거리와 교통편을 보고, 부동산 어플로 시세를 알아본 후에 끌리는 지역 세 곳을 골랐다. 뭐든 직접 눈으로 보고 경험해 봐야 믿는 성격이라 주말에 직접 발품을 팔기로 했다. 얼마 전 소개팅으로 한번 만났던, 나보다 7살 많은 서울 남자가 있었다. 서울 파견이 결정되기 전 소개를 받았던 사람인데, 나의 파견이 결정되고 그는 누구보다 더 기뻐했고, 그런 그를 보며 나는 미안했다. 주말에 서울로 올라가서 집을 보러 다닐 거라는 얘기에 그는 차가 필요하지 않냐며 같이 동행해 주겠다고 제안했지만 단칼에 거절했다. 성품이 좋고 착실한 사람인 건 알겠는데, 내 기준에서는 나이가 너무 많고, 나보다 키도 5센티 정도 작아서 더 이상 안 만날 게 뻔한 사람이었다(나이가 5살

적고, 키가 5센티 컸더라면). 그에게 나의 서울 집 주소를 노출할 수는 없었다.

전통적이면서 스타일리쉬한 삼청동은 주말 관광객으로 북적였다. 회사를 걸어 다닐 수 있고, 아기자기한 상점이 많아 심심할 때는 혼자 구경하는 재미도 있겠다 싶어 선택한 지역이었다. 하지만, 지방에서 17평 아파트에 살았던 예산으로 볼 수 있는 집은 좁고, 어둡고, 이쪽에서 보면 1층, 반대편에서 보면 반지하 집 정도였다. '무슨 영화를 누리려고 서울에 왔나.' 라는 생각이 들기 전에 재빨리 두 번째 지역으로 시선을 옮겼다.

서촌은 삼청동보다는 상업시설이 부족했지만 궁 옆에 산다는 느낌이 좋고, 청와대도 가까워서 왠지 도둑이나 범죄도 없을 것만 같은 생각에 선택한 지역이었다. 하지만, 역시나 서울 사대문 안에서 구할 수 있는 집의 한계를 체감하며 불안한 마음으로 세 번째 동네로 발걸음을 옮겼다.

앞의 두 지역에서 나를 처량하게 만들었던 집들을 본 후광효과 때문이었을까. 남산 바로 아래 '해방촌'이란 동네에서 첫 집을 보자 '로망의 집'을 찾은 기분이었다. 동네에서 남산타워가 아주 가깝게 보이고, 지대가 높아서 안방 창문으로 서울 전경이 보이는 3층 빌라의 3층이었다. 집에서 저녁에 와인을 마시며 서울 뷰를 볼 생각에 보자마자 그 자리에서 바로 계약을 해버렸다. 물론 집주인 아주머니의 펌프질도 있었다.

"배우 최민수 씨 알죠? 최민수 씨가 어렸을 때 여기 살았어요. 그 양옥집을 허물고 이 빌라로 지었는데, 집터가 아주 좋아요. 여기 살면 좋은 일만 있을 거예요."

이사를 하기 전부터 로망은 깨졌다. 주택가 좁은 골목은 주차 전쟁이었다. 입주청소비를 아끼려고 이사하기 전 주말에 청소도구를 바리바리 챙겨서 2시간 반을 운전해서 서울로 갔다. 서울 입성의 기쁨은 잠시뿐, 애지중지하는 내 차의 조수석 뒷자리 문짝을 긁어버렸다.

집을 얻으러 왔을 때는 걸어와서였을까 버스정류장이 가깝고, 동네 오르막길이 운동도 되고 좋겠다고 생각했는데 운전하며 느끼는 건 달랐다.

동네에 진입하자마자 보이는 가파른 언덕, 좁은 골목 양쪽으로 난잡하게 주차까지 되어있는 광경을 보며 손이 덜덜 떨렸다. 마치 생활의 달인 프로그램에 나온 운전 달인처럼 화단 또는 다른 차량과 5센티 정도의 간격을 두고 곡예 운전을 할 수밖에 없었다. 더욱 무서웠던 건 도대체 어디서 긁혔는지 아무리 블랙박스를 돌려봐도 알 수가 없다는 사실이었다. 일단 청소하러 왔으니 혼자서 어찌어찌 청소는 했는데 어느새 깜깜해진 저녁에 다시 차를 빼서 이 골목길을 빠져나갈 자신이 없었다. 결국은 집주인에게 양해를 구하고 차와 청소 장비를 그 자리에 그대로 놔두고 기차를 타고 내려와 버렸다. 차라리 입주 청소를 맡길 걸. 조금이라도 아낀다고 궁상을 떨다가 기름값에 톨비에 문짝 수리비에 편도 기차비까지 들었다.

이사한 후에는 더 가관이었다. 옆집과 너무 붙어 있는 건물 구조상 실외기 설치가 상당히 까다로웠다. 턱없이 높은 설치비를 부른 탓에 1년은 에어컨 없이 살기로 했다. 이 집이 지어진 지가 10년이 넘었는데, 그동안 세입자들이 정말 에어컨 없이 살았던 것인지 믿을 수가 없어서 거실과 안방 벽에 실외기 호스 구멍을 찾으러 돌아다녔지만 역시나 찾을 수 없었다. 이사 왔던 8월 한 달 동안은 비가 계속 내려서 그나마 참을 만했지만, 그다음 해 초여름부터는 실내 온도가 저녁에도 36도까지 올라서 도대체 식지를 않았다. 식물도 타 죽어버린 빌라 꼭대기 층에서 나도 그렇게 될까 봐 분당에 사는 여동생 집으로 피신해 버렸다. 출근 시간도 1시간 이상으로 늘어났고, 서울 빈집에 월세 60만 원을 내고 에어컨 바람을 쐬기 위해 여동생에게 10만 원을 냈다. 로망이 불편함으로 바뀌어버렸다. 그것도 참을 수 없는 정도로.

그렇게 서울살이를 하고 돌아온 무더웠던 21년 여름, 세종시 부동산은 더 뜨거웠다.

돈도 부족했고, 서울에서 로망만 따른 참혹한 결과를 교훈 삼아 세종에서 구할 전셋집은 무조건 실리를 추구하기로 했다. 가진 돈에 1억 정도를 대출받으면 회사 근처에 융자 좀 끼고 급전세로 나온 24평 아파트에 들어갈 수 있었지만, 어차피 야근하며 자주 들어가지도 않을 집에 대출이자까지 부담하기는 싫었다.

무조건 돈에 맞춰서 XX면 XX리에 위치한 20년 이상 된 18평 아파트를 구했다. 주소지가 서울 용산구에서 면 단위로 바뀌었고, 내 기분 역시 뭔가 나락으로 떨어진 느낌이긴 했다. 대출이자를 아끼는 대가는 컸다. 이 아파트는 글로벌 아파트였다. 아파트 엘리베이터에서 외국인(중국, 동남아, 여러 스탄 국가 등)을 이렇게 많이 본 것은 처음이었고, 관리사무소에서 공지하는 안내문도 한국어, 영어, 중국어 3개 국어인 놀라운 곳이었다.

이웃의 고성방가, 낮에는 안 보이다가 밤이 되면 잘 보이는 집 주변의 유흥업소 간판들, 어두운 복도식 아파트 구조에 가끔은 내가 '타인은 지옥이다'의 임시

완이 된 기분이었다. 편의점 앞 테이블에 삼삼오오 모여있는 외국 청년들의 존재감 때문에 저녁이 되면 동네 편의점도 마음대로 갈 수가 없었다. 물론, 실제로는 외국에 돈을 벌러 온 건실한 청년일 가능성이 높고, 마흔 살 중년여성은 관심의 대상도 아닐 수 있겠지만 어쨌든 알 수 없는 말을 하며 모여있는 그들의 앞을 지나갈 용기는 없었다.

역시나 직장동료 중에는 이 동네에 사는 사람은 아무도 없었고, 친한 동료들은 혼자 벌어 혼자 다 쓰면서 뭘 그렇게 지지리 궁상을 떠냐고 안타까워했다. 어쩔 수 없었다. 계약했으니, 2년을 버티는 수밖에.

30대 중반부터는 후회할 때마다 '왜 이렇게 나잇값을 못 할까?' 자괴감에 빠지곤 했다. 하나에 꽂히지 않고 신중하게 여러 가지를 고려해서 만족할 만한 중간 지점을 찾는 게 아직도 어렵다. 밖에서 보이는 나는 이미 불혹을 지난 중년인데, 마음은 아직 20대라 어른 노릇이 쉽지 않다. 어릴 때 봤던 40대는 진짜 어른 같았는데, 나는 이런 철없는 어른이라니. 그래서인지 나이가 들수록 엄마가 자주 하던 말에 공감이 된다. 나도 마음은 아직 소녀라고.

40년을 살아도 나 자신을 잘 모를 때가 많다. 꼼꼼한 것 같으면서도 즉흥적이고, 궁상맞다 싶게 실리를 추구하지만, 가끔 야수의 심장으로 하고 싶은 건 턱턱 지르는 모습에 스스로 놀란다. 돌이켜 보면 사람을 만날 때도 그랬다. 내가 어떤 사람을 만나고 싶고, 좋아하는지 잘 모른 채로 들어오는 소개팅은 다 나갔다. 직장, 학벌같은 조건에 혹했다가 소프트웨어가 안 맞아 끝내고, 연하라는 얘기에 혹했다가 그 사람의 포장지가 너무 얇다며 외부 시선을 신경 쓰면서 끝내고, 성과 없는 만남의 반복에 지칠 때는 잠시 휴식기를 가지며 여기까지 왔다. 나 자신도 아직 잘 모르는 내가, 어떻게 나와 맞는 인생의 동반자를 찾을 수 있을까.

## 내가 거절한 남자의 웨딩 프사를 본 기분

***밤 10시에 카톡 숨김 친구는 왜 봤을까?***

나는 카톡의 차단 기능, 숨김 기능을 애용한다.
자주 사용하다 보니 나름의 기준이 생겼다.
'전에 살던 집주인', '절대 다시 볼 일 없는 소개팅남'처럼
절대 연락할 일 없고, 오지 않았으면 하는 사람
→ 차단
카톡 상태가 전혀 궁금하지 않은 '한때 같이 일했던 다른 회사 직원',
마음에 들지 않아 거절은 했지만, 차단까지 하기는 '미안한 소개팅남'
→ 숨김

마흔으로 산 지도 어느덧 11개월이 지났다. 보름 뒤면 마흔하나로 살아야 하는 게 무서웠던 밤 10시의 사무실. 업무 관련 문서를 보는 게 너무 지겨워서 카톡의 '숨김 친구' 목록을 열어봤다. '숨김 친구'는 사진을 클릭하면 일반 카톡 친구처럼 그 사람의 프로필 사진이 보인다. 매일 보는 직장 사람들 말고 다른 사람들은 뭐하고 사나 궁금하기도 했고, 나처럼 변화 없이 1년째 같은 프로필 사진을 걸어놨는지 확인하고 싶었던

것 같다. 당시의 나는 외로움을 넘어, 멀리 떨어져 사는 가족들 말고는 개인적인 부탁을 할 사람도 없는 정신적으로 고립된 느낌이었다.

한때 관계가 있던 사람들 사이에서 새하얀 프로필 사진이 눈에 띄었다. '설마… 그 사람 맞지? 결혼해? 벌써? 나 좋다 할 때는 언제고?' 결혼정보업체를 통해 첫 번째로 소개받은 사람이었다. 대화가 잘 통하지 않고, 외적 이상형과도 거리가 멀어 손잡을 마음도 안 생길 것 같아 거절했던 그 사람이 행복한 웨딩사진을 만천하에 보여주고 있었다. 약간은 날씬해진 것 같은 그 사람 옆의 새신부가 나에게는 더 충격이었다. 나의 자존감이 좀 떨어진 상태였지만, 그녀는 나보다 젊고, 날씬하고, 예뻐 보였다.

밤 10시 야근 중인 사무실에서 하던 일을 서둘러 마무리하고, 집에 와서 씻는 중에도 생각은 끊이질 않았다. '내가 문제인가?', '너무 심하게 까탈스러운 건가?', '나보다 더 나아 보이는 조건의 여자도 그 사람이랑 결혼하는데, 내 나이에 너무 많은 걸 바랐

나?' 자신에 대한 비판부터, '나 좋다고 할 때 그냥 잡을 걸 그랬나?', '결혼정보업체를 환불 하지 말고 그냥 10번 다 만나볼 걸 그랬나?'라는 돌이킬 수 없는 일에 대한 후회까지.

다음 날 아침 일찍 절친에게 전화를 걸어, 이 사실을 얘기하고, 나의 후회를 한가득 풀었을 때 친구는 한숨을 쉬며 말을 이어 나갔다.

"너 기억 안 나? 그 사람 만났을 때마다 나한테 전화해서 "진짜 아니다, 도저히 안 되겠다."라고 계속 얘기했던 거? 그때 감정을 기억해 봐. 막연하게 후회하지 말고." 그 말을 듣고서 마음에 평온이 찾아왔고, 또 밤낮없이 일을 하면서 후회하는 감정은 점차 잊혀 갔다.

그때의 감정을 이렇게 비유하여 정리하기로 했다. 개인적으로 홈쇼핑을 즐겨 보지도 않고, TV를 돌리다가 홈쇼핑을 우연히 틀었는데, 살 생각도 없던 물건이 홈쇼핑 방송 중에 매진이 되었다고 하니 '그렇게 좋은 물건이었나? 한번 써볼걸 그랬나?' 하는 심리. 그 끝에 그 남자는 결혼에 진심이었고, 나에게도 진심을 가지고 대했겠구나 생각도 하게 됐다.

사실 떠나간 기차에 마음이 흔들린 게 처음은 아니다. 내 친구, 동기, 직장 동료가 자기 남편 직장이 어떻고, 체격이 어떻고 그런 말을 할 때마다 예전에 거절했던 비슷한 조건의 남자를 나도 모르게 떠올리게 된다. '걔도 은행에 다니고 키도 제법 컸는데, 그 사람은 같은 공무원이라 직장동료 느낌이 나서 거절했었는데….'

거절했던 20대 때는 아무 생각도 없다가 10년이 훨씬 지난 지금 예전 일을 떠올리는 걸 보면 마흔의 나는 확실히 무료하고, 외롭긴 한가 보다. 하지만 몇 번을 생각해도 한 가지 확실한 건 그 사람들을 지금 다시 만난다 해도 잘 될 가능성은 희박하다는 것이다. 나이가 들면 좀 너그러워진다고도 하던데, 나의 경우는 20대에 싫어했던 건 마흔인 지금도 싫다. 더군다나 성격도 G랄 맞아서 내가 싫어하는 특징을 참아가면서 결혼할 수도, 하고 싶지도 않으니까. 나에게 있어서 예전에 거절했던 남자들을 떠올리는 것은 그저 헛헛한 지금 생활에 대한 불만과 아쉬움일 뿐이다. 남들은 나처럼 일을 하면서도 육아에 친정에 시댁에 뭔가 바쁘게 사는 것 같은데 나는 주말에 혼자 소파에 늘어져서 뭐하고 있나, 뭐 그런.

마흔한 살의 밸런타인데이란 나와는 상관없고, 남자가 여자에게 초콜릿을 주는 건지, 여자가 남자에게 주는 건지조차 헷갈리는 날이다. 그 헷갈리는 날에 언제나처럼 직장 사람들과 점심 먹고, 직장 사람들과 저녁 먹고, 1도 관심 없는 승진 얘기, 업무 얘기를 하며 지내왔는데, 한번은 네 살 많은 친한 싱글 동료가 '알츠하이머 예방법'을 공유해줬다.

"내 친구 중에 혼자 살고 집에서 혼자 일하는 애가 있는데, 얼마 전에 알츠하이머 초기 판정을 받았어. 걔는 평소에 대화 상대도 없고, 감정의 기복도 없는 상태거든. 도파민이 나올 일이 없는 게 알츠하이머의

원인이 된 것 같기도 해."

그녀는 우리 같이 혼자 사는 애들은 드라마 남주인공이라도 좋아하며 사랑에 빠져야 한다고 덧붙였다.

퇴근 후 재밌는 뭔가를 찾고 있었는데, 그 말을 듣고 오랜만에 월화 드라마를 시간 맞춰 챙겨봤다. 두 달 정도 나의 알츠하이머를 예방해 준 <사내 맞선>의 얼굴 천재 '강태무'는 나의 평생 은인이다.

# 반갑지 않은 공돈 70만 원

### *3만 원의 행복*

"윤진아, 오랜만이다. 잘 지내지? 내가 지금 엑셀 하나 보냈는데,
금액이 맞는지 확인 좀 해줄래?"
"어? 신 총무님 오랜만이야! 내 이름 쓰여 있는 건 봤는데,
이게 다 뭐야?"

평소와 다름없었던 어느 날, 이제는 통장 자동이체 계좌로만 존재하는 '입사 동기 모임' 총무에게 연락이 왔다. 총무와 단둘이 연락을 한 건 아마 처음이지 싶다. 동기 단톡방에서는 얘기가 나온 지 이미 한 달이나 됐다지만, 나는 그 방에 들어가 있지도 않아서 총무가 친절하게 개별 연락을 한 것이다.

"우리 상조회 정리하기로 했어. 십 년이 넘었는데 이젠 공식적으로 모이지도 않잖아. 그동안 경조사비도

누구는 많이 받고, 누구는 하나도 못 받기도 하고. 그래서 그동안 모은 회비에서 공식적인 모임 경비만 제하고 나머지는 모두 공평하게 똑같은 금액으로 정산하기로 했어. 경조사비를 더 받은 사람은 토해내고 못 받은 사람은 돌려받게 되는데, 네가 받을 금액은 70만 원 정도 돼."

대부분이 20대 후반이었던 우리는 입사를 하면서 동기들끼리 좋은 일은 축하해주고 어려운 일은 함께 돕자는 의미로 상조회를 만들었다. 매달 만 원씩 낸 돈을 모아서 일 년에 한 번 정도는 모임도 하고, 본인 결혼식이나 부모님 장례식에는 50만원을 보태면서 관계를 소중히 이어가자는 의미였다. 하지만 대부분이 싱글이었던 입사 초기와는 다르게 이제는 딸린 식구도 많아지고 챙겨야 할 것들이 많아지게 되면서 몇 년째 공식 모임도 없어져 버렸다. 본인 결혼식에 받을 수 있는 상조회비 50만 원도 받을 사람은 진작에 다 받았고, 아직 못 받은 사람은 앞으로도 받을 가능성이 낮다고 생각되는 시점이었다.

사무실에서 나도 모르게 얼굴이 화끈거렸다. 총무의 설명을 듣고 나는 제일 먼저 '나 같은 애'가 몇 명인지 찾아봤다. 받을 금액이 +이면서 50만 원 이상인 애가 있는지. 다행히, 중간중간에 내가 아는 아직 미혼인 이름들이 보였다.

"고마워. 생각도 못 했는데, 공돈 잘 쓸게."

"고맙긴. 네가 낸 돈인데 뭐."

그동안 길흉화복이 없었던 게 좋은 건지 나쁜 건지는 잘 모르겠지만, 30대 초반부터 결혼하는 동기들이 50만 원씩 가져가는 상조회비를 나는 못 받을 수 있겠다고 생각은 했었다. 그렇다고 체면상 탈퇴는 못하고 매월 만 원씩은 그냥 자동이체를 걸어두고 신경 쓰지 않았다. 생각지도 못한, 아니 존재하는지도 몰랐던 공돈 70만 원이 갑자기 생겼다. 큰 금액이지만 마냥 기쁘지는 않고, 주변에다 공돈 생겼다고 크게 자랑할 수도 없는 좀 민망한 70만 원.

마침 돈이 입금된 날이 '가정의 날'인 수요일이라,

가정은 없지만 직장 동료들에게 "가정 만들러 갈게요."라고 당당히 말하고 6시 땡 퇴근을 했다. 오랜만에 집에 일찍 들어와서 생생정보통을 보면서도 마음이 그냥 꾸리꾸리해서 같은 오피스텔에 사는 직장동료이자 미혼인 친구에게 전화를 걸었다. 내가 사는 오피스텔 1층에는 치킨집이 있는데, 몇 달 동안 지나다니며 냄새만 맡았지, 안으로 들어가 보기는 처음이었다. 수요일 저녁 7시부터 치맥을 하면서 두 싱글 여성의 기분 좋은 수다가 시작되었다.

조금 전까지 있었던 직장에서 누가 더 바쁘고 짜증 났나 배틀을 하며 맥주 500cc를 가볍게 해치웠고, 화풀이가 어느 정도 된 후 이야기는 현재의 신세 한탄으로 넘어왔다.

"요새 누구 만나는 사람 없어?"

"없어. 씨가 말랐다 야. 너는 어때?"

"나도 똑같지 뭐. 그 많던 소개팅도 이젠 없어."

내가 보기에는 예쁘고, 학벌 좋고, 집안도 좋은 그녀도 나와 같이 혼자였고, 2세를 가질 수 있을지 불안감을 느끼는 것도 같았다. 지금 마땅한 해결책은 없지만, 결혼은 포기하지 않았고, 아이도 낳고는 싶지만 생물학적 나이에 대한 걱정들. 40대를 훌쩍 넘은 나이에 출산한 사례를 가끔 듣기도 하지만, 아직 연애 상대도 없는 우리가 그 단계까지 가기에는 아직 먼 미래이고, 지금처럼 이렇게 회사에서 밥 먹듯이 야근하며 내 체력이 과연 버틸 수 있을지에 대한 불안함을 몇 시간 동안 치맥으로 달랬다.

예능에 나온 여자 연예인들이 난자 냉동 시술 경험을 얘기하지만, 평범한 소시민이 그들처럼 하기는 쉽지 않다. 난자 냉동을 하려면 과배란 주사도 맞고 난자 채취도 해야 하는데, 평일 아침 9시부터 오후 6시까지 내 시간을 저당 잡힌 월급쟁이가 시험관시술을 사유로 직장에 잦은 휴가를 쓰는 것은 곤란한 일이다. 온전히 자부담해야 하는 비용 역시 부담스럽긴 마찬가지다. 방송인 사유리가 미혼인 상태에서 시험관시술로 아들을 출산했다는 소식에 놀라기도 했다. 아이를 낳고 싶었지만 난소 나이가 48세였고, 급하게 결혼할 사람을 찾거나 출산만을 위해 사랑하지도 않는 사람과 결혼하기도 싫었다는 얘기에 왠지 내 얘기인 것만 같아서 격하게 공감하며 기사를 읽었다. (우리나라에서는 미혼여성의 시험관 시술은 불법이지만) 하지만 뼛속까지 한국인인 내가 처음부터 아이를 아빠 없이 태어나게 하는 결정은 못 할 것 같다는 생각이 든다. 그저 현재의 내가 할 수 있는 건 연애부터 출발하는 긴 레이스를 시작하기 위해 상대를 찾으며 기다리는 것뿐.

"오늘 치맥은 내가 낼게."

나이는 동갑이지만, 친구가 회사에서의 직급은 나보다 높아서 둘이 만나면 주로 그녀가 계산하는 편이었지만 이번엔 내가 선수를 쳤다.

"괜찮아~ 나 출장비 받았어."

"아니야. 공돈 70만 원 생겼어. 그걸로 사는 거야."

공돈을 받게 된 이야기를 듣고 친구는 흔쾌히

나에게 계산서를 양보했다. 여지껏 싱글로 있었기에 생긴 이 공돈을 함께 신세 한탄을 할 수 있는 싱글 친구와의 저녁에 썼다. 웃픈돈의 첫 소비로 더할 나위 없이 좋았다. 나머지 67만 원은 어디에 썼는지 기억도 잘 나지 않는다. 특별한 것 없이 그냥 먹고 사는 생활비로 다 써버렸겠지.

# 월급쟁이 10년을 했는데 겨우 이거라고?

***자유로운 영혼의 텅장***

"소식 들었어? OOO 결혼한대."

"그래? 잘됐네. 너 갈 거면 내 축의금 좀 전해줘."

입사 3~4년 차부터 동기 모임은 슬슬 줄어들었다. '동기 사랑 나라 사랑'을 외치며 하루가 멀다 하고 어떤 날은 점심, 저녁으로 보던 동기들은 입사 3~4년 차부터는 직장생활과 결혼생활을 병행하느라, 아니면 결혼할 상대와 연애를 하느라 바빴다. 어느새 일 년에 한 번으로 줄어든 공식 동기 모임도 나는 딱히 할 일이 없을 때도 나가지 않았다. 결혼식은 축의금 봉투만 전달해 주는 것으로 대신했다. 혼자 결혼식에 가는 것도 처량할 것 같고, 내가 결혼할지 안 할지도 모르는 마당에 소중한 주말을 남을 위해 쓰기도 싫었다.

사회에서의 출발은 같았지만, 한껏 꾸미고 나가도 이미 결혼해서 애들까지 있는 그들보다 뭔가 뒤처진 느낌이 들어 유쾌하지 않았다. 싱글의 자유로움을 뽐내도 뭔가 루저가 된 기분이랄까. 실제로 직접 만나 얘기를 해도 업무도 다르고 서로가 닥친 생활이 달라서 공통 화제를 찾기 힘든 것도 사실이었다. 내가 그들의 결혼과 육아 생활에 100% 공감을 할 수 없는 것처럼 그들도 내가 가진 혼자만의 생활을 다시 돌아갈 수 없는 자유로운 시간으로 생각하기에.

대부분의 여자 동기가 육아휴직을 하는 기간에 나는 자신의 노력으로 직장생활을 잠시 벗어났다. 싱글이 직장을 유지하며 사무실을 잠시 떠나 있을 수 있는 거의 유일한 탈출구인 유학 시험에 붙어 만 34살에 2년간 중국으로 석사과정을 떠났다. 그저 그런 학벌에 전문 분야를 만들고 싶다는 생각이 가장 컸지만 사실 그게 다는 아니었다. 일을 좀 쉬고 싶었지만 마땅한 휴직 사유도 없었고, 휴일에 먹고 자고를 반복하며 주말을 보내다 보면 뭐 하는 것 없이 시간만 보냈다는 후회가 컸다. 혼자서라도 성취감 있는 무언가를 해보고 싶은 마음으로 유학을 떠났고, 2년 만에 다시 직장에 복귀했다.

"전세기 보내준다며? 2년 동안 전세기 언제 보내주나 기다렸는데…."

다시 돌아온 직장에서 동료들에게 가장 많이 들은 말이다.

친한 동료들은 중국으로 출국하기 전,

"중국 부자가 한국 인구만큼 많다는데. 꼭 남편감 찾아와!" 당부했고, 나는 "남편감 찾으면 바로 전세기 띄울게요."라고 대답했었다. 그걸 잊지 않고 날 보자마자 예전의 대화로 농담을 건네는 동료들이 참 반가웠다. 그렇게 떠나 있고 싶었던 직장에서 적당한 거리를 유지한 사이에서도 오랜만에 느끼는 소소한 정이 있었다.

'다들 집 한 채씩은 있구나….'

한국 복귀를 계기로 동기들을 몇 년 만에 만났다. 직장생활, 결혼생활, 나의 유학 생활을 즐겁게 얘기하는 와중에 나만 빼고 대부분이 집 한 채는 자산으로 가지고 있다는 사실을 발견했다.

결혼하고 아이까지 생기면서 안정적으로 살기 위해 약간 무리를 해서라도 집을 마련한 동기들이 다수였고, 미혼의 경우도 수도권에 있던 근무처가 세종시로 이전하면서 아파트 특공을 받아(빚을 걱정하긴 했지만) 자산가가 되어있었다.

'같은 월급을 받으며 같은 출발을 했는데, 왜 나는 뒤처졌을까.'

집에 돌아와서 통장을 꺼내고 보험 증서까지 보면서 그동안 내가 모아놓은 게 얼마인가 계산을 해봤다. 집 전세금에 통장 잔고를 더하고, 개인연금까지 더했는데, 소멸성 암보험료는 넣을지 말까 고민하면서.

'10년 동안 모은 게 이 정도인데, 퇴직까지 남은 기간은 20년 정도 되니까 앞으로 더 모을 수 있는 돈은 이 정도겠구나.' 예상이 되니 더 우울해졌다.

업무가 바쁘다는 핑계로 재테크에 신경을 안 쓰긴 했다. 그래도 월급의 절반 정도는 예금, 적금을 돌리면서 모았는데도 상대적으로 왜 이리 뒤처졌을까 생각해 봤다.

**1. 집을 안 샀던 것. 그게 가장 큰 원인이었다.**

만기 적금은 언제나 조금 더 큰 전셋집을 구하거나 회사와 가까운 거리로 이사를 오는 데 쓰였다. 인사이동도 있었고 자의 반 타의 반 이사를 자주 다녀 한 지역에 정착하려는 생각도 안 했으니 집을 사려는 생각이 있을 리가 있나. 또 혹시나 언제 결혼할지 몰라서 살림도 안 사면서 언제나 풀 옵션 원룸이나 오피스텔 전세만 찾으며 살았다. 간혹 더 싼 전셋집을 찾았을 때는 엄마에게 빌렸던 전세금을 일부 갚으며 효도하는 것처럼 농담 삼아 얘기했지만 '집은 나중에 남편 될 사람이 가지고 있을지도 모른다.'라는 은근한 기대도 있었다.

**2. 워킹맘이 퇴근 전까지 아이들 학원 뺑뺑이 돌리듯, 나도 혼자인 주말을 뭐라도 하며 채웠다.**

혼자 국내 당일치기 여행, 도쿄, 대만 등 근거리 주말 밤도깨비 여행, 스페인어 배우기, 파주까지 가서 도자기 찻잔 만들기 등 주말에는 뭐라도 해야 안심이 되어 취미 부자가 되었다. 주말에 집에서 쉬는 것도 하루 이틀이지, 남들은 애도 키우며 부지런히 시간을 보내고 의미 있는 일을 하는데, 아무것도 하지 않고 주말을 보내면 월요일에는 밀려오는 후회에 더 피로해져서 일단 뭐라도 계획해서 혼자 보내는 주말 스케줄을 빡빡하게 채워놨다.

**3. 혼자 있는 주말에는 유일하게 입을 움직일 수 있는 먹는 것에 집중했다.**

자취를 하면서 혼자 먹을 음식 만들고 치우고 다음 끼니 준비하는데 온 하루를 다 써버리는 게 부질없다고 느꼈다. 그래서 포장 음식으로 끼니를 해결하다가 스마트폰이 나오고 나서는 여러 배달앱을 골라가며 사용했다. 최소 주문 금액을 맞추고, 배달비까지 2만 원씩은 끼니마다 지출했는데, 처음에는 혼자 먹기에 양이 많았지만 적응의 동물이라 딸려 온 반찬만 조금 남기는 수준까지 진화했다. 문제는 1인 가구임에도 엥겔지수가 무지 높아졌고, 비싼 돈 주고 찌운 살을 빼러 운동을 결제하는 무한 반복이 일어났다는 것.

**4. 선배 말을 철석같이 따라 피부관리도 게을리하지 않았다.**

초등학교 시절부터 지금까지 거의 30년째 여드름 피부인 나는 주기적으로 피부 관리를 해야 하지만 나이가 들수록 그 관리비가 제일 아깝다. 기미, 주름 관리도 아니고 여드름에 돈을 써야 한다니.

직장생활 초창기인 20대 말에 한 선배가 내 피부를 보며,

"매월 40만 원씩, 1년이면 500만 원짜리 적금 말고 그 돈으로 매월 피부과 다니는 게 어떻니? 500만 원 더 있는 너보다, 피부 깨끗한 네가 더 매력적일 것

같아."라는 충고를 아주 충실히 따랐다

출발이 같았던 동기들과 차이 나는 자산을 보면서 현타가 왔다. 혼자서도 이것저것 바쁘게 사는 나에게 결혼한 동료와 동기들은 부러움을 표시하기도 하고, 엄지를 치켜세우며 결혼하지 말고 그렇게 멋지고 자유롭게 살라고 얘기하기도 했다. 수많은 활동 덕분에 다채로운 경험을 가지고 있지만, 그 모든 활동이 진정으로 마음속에서 배우고자 하는 열망에서 비롯된 것인지는 아직도 모르겠다. 대부분 2개월도 못 가서 그만둔 것을 보면 오히려 스스로 외로움을 느끼지 않으려고 애썼던 것 같다. 10년 동안 동기들과 벌어진 격차를 느끼고 나서는 무료함을 없애려는 자기 계발보다 혼자 살기 위한 준비가 필요한 시점이라는 생각이 강하게 박혔다.

단순히 '돈'만 모으려는 것은 아니다. 이제는 젊지도 않으니 떠돌이 생활은 접고 한곳에 정착해서 살아가기 위한 준비를 해보려 한다. 재테크에도 관심을 갖고 작은 집도 하나 마련하고, 진짜 좋아하는 취미생활도 하나 찾아보고, 시골이라고 불평만 하지 말고 내가 사는 이 동네를 알아가면서 나만의 '케렌시아*'를 찾는 노력을 해보려 한다.

* 케렌시아: 스페인어로 Querencia. 피난처, 안식처를 의미한다. 투우 경기장에서 투우사와 마지막 결전을 앞두고 소가 잠시 쉬는 곳을 뜻하며, 최근에는 바쁜 일상에 지친 현대인들에게 나만의 휴식처를 찾는 현상으로 불리고 있다.

# 당근마켓 아이디가 ㅇㅇ동 오피스녀라고?

### *세상 물정 모르고 살아온 지난 날*

나는 어릴 때부터 남이 사용했던 물건은 쓰기 싫어하고,
싫증도 곧잘 내는 성향이라 당근마켓에서는 주로 내 물건을 판매한다.
이러한 성향은 사람에도 적용되어,
괜찮은 돌싱을 소개해 준다는 말들은 단칼에 거절했다.

중고품 거래 어플인 당근마켓에 가입하고 아이디를 만들 때 뭘로 할까 고민스러웠다. 인터넷 쇼핑과는 달리 동네에서 직접 만나서 거래하는 특성이 있기 때문이다. 당연히 내가 사무실에 있는 동안에는 거래가 불가능하고, 채팅으로 "언제 시간 되세요?"라고 질문을 받는 것도 최소화하고 싶었다. 그래서 아이디에 '사무직'의 의미를 넣었다. 상대방이 '이분은 아침 9시~저녁 6시는 거래가 안 되겠구나.'라고 유추할 수

있도록. 친절하게 내가 사는 지역 이름까지 추가해서 'ㅇㅇ동 오피스녀'라고 스스로 이름 붙였다.

커리어우먼 분위기가 물씬 풍기는 '오피스녀'로 이미 2건이나 거래를 한 시점이었다. 같은 부서에서 근무하는 남자 동료가 당근거래는 어떻게 하는 거냐고 묻길래 나의 운동기구 판매 내역을 보여주며 이것저것 설명하고 있는데, 동료의 눈동자는 흔들리면서도 한 곳만 응시하고 있었다.

"진짜… 이 아이디로 써요?" 계속 화면을 보면서 묻는 말에 나는,

"네~! 너무 잘 지었죠? 딱 제 상황을 반영해서 제가 만들었어요."라며 자신감 있게 대답했다.

그 동료는 몇 초간 침묵 후 조심스레 입을 열었다.

"모르시는 것 같아서, 말씀은 드려야 할 것 같긴 한데… 제가 설명 드리기는 좀 그렇고, 포털에 '오피스녀'라고 검색해 보세요. 지금 쓰시는 그런 뜻으로 쓰이는 단어가 아니라서… 얼른 아이디 바꾸세요."

포털에 이미지 검색을 하자마자 진짜 오피스에서는 입을 수 없는 옷을 입은 그녀들이 대거 등장했다.

주변 표정을 보니, 남자 동료들은 다 아는 것 같고 여자들도 많이 알고 있는 것 같았다. 친구가 없어서인지, 너무 바빠서인지, 아니면 둘 다인 건지…. 어떻게 모르고 살았을까.

'그 아이디'로 운동기구와 가방을 판매했는데 다행히도 거래 상대방은 '여자'분들이었다. 특히나 운동기구는 무게가 있어서 집 안으로 들어와서 가져가는 거래 조건이었는데 큰일 날 뻔했다. 운동기구의 조회수는 117건이었다.

사실 나는 십몇 년째 '건어물녀'다. 직장에서는 말끔하고 세련된 모습으로 보내지만 집에서는 추리닝을 입고 건어물을 안주로 맥주를 마시면서 시간을 보내는 여성. 그 신조어가 등장했을 때부터 딱 내 얘기 같았다. 연애 세포가 건어물처럼 바싹 말라버린 것마저도. 하지만 그 단어의 유행은 이미 지나갔어도, 나는 여전히 그 상태 그대로다. 냉동인간처럼.

많은 사람들이 그렇겠지만 나 역시 직장에서의 나와 직장 밖의 나는 너무나도 다르다. 업무상 만난 사람들에게 나는 당당하고 자신감 있는 커리어 우먼이 된다. 그 이미지는 6센티 구두를 신으면 키가 178에 육박해서 대부분의 사람을 내려다보기 때문일 수도, 바쁠 때는 하루에 수십 통의 전화를 받아야 하기에 쓸데없는 얘기가 나오면 바로 잘라버리는 단호한 태도 때문일 수도 있다.

직장 밖의 나는 의욕 없고 세상 물정 모르는 40대다. 내가 가진 모든 에너지를 일하는데 다 써버려서 정치, 경제, 연예 등 세상이 어떻게 돌아가는지에는 관심조차 없다. 소파와 한 몸이 되었다가 침대에 붙었다가를 반복하다 오늘의 핫한 뉴스도 모르고 지나치는 경우가 태반이다. 집에 오면 지긋지긋한 휴대전화는 의도적으로 멀찌감치 떨어뜨려 놓고 봐달라고 울어도 대꾸하지 않는다.

직장에서 그리 많은 사람들과 통화를 했는데도

밤늦은 퇴근길에 누군가와 통화를 하고 싶을 때가 있다. 하지만 휴대폰 연락처를 뒤져도 전화할 상대를 찾기란 쉽지 않다. 직장 경력이 쌓일수록 휴대폰에 저장된 연락처도 늘어나는데 말이다. 업무상 만난 사람들은 당연히 제외하고, 친구 중에 남자들은 빼고, 육아를 병행해서 이미 녹초가 됐을 것 같은 여자 친구들을 빼고 나면 그냥 집에서 혼맥으로 스트레스를 푸는 게 최고다. 아니 유일한 스트레스 해소법이다.

그래서일까? 피 끓는 청춘이었던 20대 때보다 오히려 지금 누군가를 만나고 싶은 마음이 더 크다. 점점 세상과 단절되어 뭘 해도 재미없는 나에게 함께 살아가는 소소한 재미와 행복을 느끼게 해주는 사람을.

## 그냥 취미 모임도 나이 때문에 가입을 못 해?

### *비혼주의가 아닌 독거 중년의 일상*

"음.음.음. 좋은 아침이에요."

"어디 아프세요? 목소리가 안 좋으신데요?"

"음.음.음. 3일 만에 처음 말해서 목이 잠겼나 봐요."

"아…."

월요일 아침의 익숙한 상황이다.

평일의 나는 상대방의 말을 듣느라 지친다. 직장생활 말고 딱히 다른 일이 없는 일상이지만 그렇다고 일에 목숨 걸기에는 능력도 열정도 없다. 하지만 외벌이 1인 가구로 휴직은 생각할 수 없기 때문에 살기 위해 몇 년 전부터 '콰이어트 퀴팅(quiet quitting, 조용한 사직)'을 실천하면서 심리적으로 직장과 거리를 두고 있다. 그런 나에게 점심 먹으며, 저녁 먹으며, 야근하며 일 얘기 아니면, 직장 얘기 아니면, 직장동료 얘기를 하루 종일 듣는 건 너무 많은 에너지가 필요한 일이다. 가끔은 고개도 끄덕여야 하고, 추임새를 넣어줘야 하며, 그들이 한 얘기를 어느 정도는 기억해야 하기 때문이다. 올해 예상되는 승진 규모, 타인의 근무평가 결과는 전혀 관심이 없는데도 말이다. 이런 생활이 너무 지칠 때는 따로 약속이 있다고 얘기하고는 혼자 샌드위치로 간단히 점심을 해결하기도 한다.

주말의 나는 내가 소리를 만들지 않으면 절간처럼 적막한 집이 답답하다. 주말에는 집에서 무슨 소리라도 내려고 보지도 않는 TV를 항상 틀어놓는다. 가족의 전화가 없으면 내 목소리를 들을 기회도 없어서 그렇게 지내다가 출근한 월요일 아침에는 목이 잠기는 경우도 종종 있다. 3일 만에 말했으니 잠겨있을 수밖에. 가고 싶은 맛집이 있어도, 주말에는 분명히 사람이 많을 텐데 도저히 혼자 그 틈바구니에 앉을 용기는 없다. 내가 갈 수 있는 혼밥레벨은 분식집 정도다. 결국 배달 음식으로 연명하는 혼자만의 주말이 참을 수 없지만, 또 마땅한 대안은 떠오르지 않는다. 평일 내내 그토록 기다렸던 휴일인데.

물론 나도 혼자 여행 다니는 것을 좋아하고, 얽매이기 싫어하는 성격이었다. 사주에 역마살이 있고, 흔치 않게 말이 두 개나 있어서인지 20대 때부터 일 년에 2번은 해외여행을 다녔다. 전세 계약, 근무지 변경 등 비자발적인 요인까지 더해져서 십여 년 넘게 거의 매년 이사를 했더니 주민등록등본에 과거 주소를 다 넣으면 4장이나 나온다. 남 부끄러운 일 같기도 하지만 그 떠돌이 생활을 나는 호기심 가득한 눈으로 활기차게 즐겼다. 혼자서든 아주 가끔 둘이서든.

'G랄 총량의 법칙'처럼, 사회적 동물인 인간에게 주어진 혼자만의 생활도 총량이 있는 것인지, 혼자가 더 이상 즐겁지 않고, 가족과 떨어져 타지에서 혼자 10년을 넘게 살았는데 오히려 마흔이 넘어서 사람이 그리웠다. 사회적 가면을 쓰지 않고 만날 수 있는 내 사람 말이다.

안 그래도 친구가 없었는데, 40대가 되니 더 없어

졌다. 몇 안 되는 친구가 전국적으로 흩어져 있다 보니, 내가 사는 이 지역에는 아무도 없다. 5천만 인구의 0.8%인 40만 명이 이 도시에 살고, 나의 친구는 10명도 되지 않으니, 어찌 보면 당연한 상황이다. 육아와 일을 병행하는 바쁜 워킹맘들은 만날 시간이 없고, 유부남이 된 남자 친구들에게는 가정의 평화를 위해 연락을 자제한다.

41살 새해 떡국을 먹고 갑자기 현타가 와서 인기 있는 짝짓기 프로그램에 메일을 보냈다. 연말 송년 모임에서 "그 프로그램에 40대도 모집하더라, 한번 나가봐!!"를 수도 없이 듣고 나니 뇌리에 박혔나 보다. 떡국을 먹고 소파와 붙어있던 중에 갑자기 휴대폰을 집어 들고 메일주소, 신청서 양식 등을 찾아서 1월 1일에 출연 신청서를 냈다. 결혼정보업체 신청서 작성하는 거에 비해서는 아주 간단한 편이었다. 간략한 자기 약력과 소개 글 작성은 이제 식은 죽 먹기지.

진행 속도는 아주 빨랐다. 신정 연휴가 끝나고,

1월 3일에 작가님과 통화하며 프로그램에 신청한 계기, 이상형 등을 얘기하고, 제작진과의 대면 미팅 일자가 잡혔다. 하지만 여기까지였다. 그 흔한 SNS도 하지 않고, 카톡 프로필 사진도 몇 년 동안 바꾸지 않는데, 전국적으로 나의 얼굴을 보여주면서 내 감정의 변화와 짜장면을 혼자 먹는 모습까지 보여줄 용기는 없었다. 어릴 적 봤던 시트콤이 유튜브에서 검색되는 것을 보며, 내 모습도 영원히 떠돌아다니겠지, 하는 불안감 한 스푼까지 더해졌다.

동료들은 자기 친구도 동호회에서 만나 결혼했다며 와인이나 춤 아니면 독서 동호회를 찾아보라고 쉽게 말한다. 하지만 뭐 하나 전문 분야도 없이 이 나이에 초보자로 참석하기도 민망하고 세상이 얼마나 무서운데 모르는 사람을 만나나, 하는 생각에 주저했었다. 그러다가 서울에 잠시 근무할 때 참여한 볼링 모임은 큰 울림을 주었다. 주말마다 당구 동호회에 나가는 직장 동료의 도움으로 집 근처 볼링장에서 연습하는 모임을 찾았다. 비교적 안심이 되는 모임이었다. 금요일 저녁마다 2시간 정도 볼링을 치고 깔끔하게 헤어지는 방식도 마음에 들었고, 연령 제한은 없지만 대부분이 내 나이 또래 같았다. 집 근처이니 퇴근 후 바로 가면 되겠다 싶어 난생처음 외부인과의 동호회에 나갔다. 그것도 혼자서.

3개월 정도 활동했는데, 눈에 띄는 변화는 30점이었던 실력이 평균 90점으로 점프했다는 것이다. 전에는 게임 분위기를 갉아먹는 수준이었다면 이젠 나도 그냥 초보 수준은 된 셈이다. 그런데 실력 향상보다도 의미 있었던 건 동호회를 통해 내가 가진 편견을 깰 수 있었다는 거다. 금요일 퇴근 후 모임이라 볼링장에 들어올 때의 복장에서, 내 볼링 순서를 기다리며 옆 사람과의 짧은 대화에서 그들의 직업을 대강 알 수 있었다. 식당 주방장, 건축설비 설치 기사 등 나에게 익숙한 직업군은 아니었지만 별 상관은 없었다. 이 모임은 볼링을 치러 온 것이니까. 냉정하게 말하면 볼링을 빼면 나와는 상관없는 사람들이라 생각했던 것 같다.

그런데 나는 그런 그들에게 많은 도움을 받았다. 집 베란다 천장에서 갑자기 물이 새는 걸 설비기사였던 회원의 도움으로 해결했고, 배달 음식이 너무 지겨워서 혼밥을 좀 해 먹으려 할 때는 주방장 회원의 간단한 레시피도 전수 받았다. 한편 사회에서 인정받는다고 막연하게 자신했던 내 직업은 타인을 도와줄 만한 면이 없었다. '직업에는 귀천이 없다.' 그냥 당연하게 외우는 문장에 불과했는데, 어떤 직업이라도 다 배울 것이 있다고 체감한 계기였다. 나도 모르게 편견이 있었다는 걸 깨달아 스스로가 한심했고, 이제라도 제대로 생각할 수 있어서 다행이었다.

그 계기로 세종에서도 어떻게 재미있게 살아 나가야 하나 고민하다가 취미 모임을 찾아봤다. 업무 얘기 말고 다른 활동과 대화가 하고 싶었고, 대부분 공무원, 공기업 직원이 살 것 같은 이 도시에서 다른 직업을 가진 사람은 어떻게 사는지 궁금하기도 했다. 정말이지 연애 상대를 찾는 게 아니었는데, 40대도 독서, 등산, 캠핑을 할 수 있는데, 30대까지만 가입신청을 받는다는 ‘작은 모임’이 많았다. 서울, 경기권이 아니어서 절대적인 모임 수가 적은 이유도 있겠지만, 나도 2년 전까지는 30대였는데 가입조차 못 한다는 사실이 또 다른 현타로 다가왔다. 맘 카페, 육아 모임도 없고, 학연, 지연도 없는 40대 싱글은 그냥 혼자 잘 놀아야 하는 것일까.

# 출산율 1위 도시에서 혼자 살기

## *41살, 마지막 소개팅*

"40대 중엔 제일 젊다."

39살에는 결혼에 대한 조급함이, 40살에는 불혹이 되어버렸다는 우울함이 있었지만, 41살이 되니 일종의 체념 혹은 내려놓음 때문인지 오히려 마음이 편해졌다. 농담까지 던질 여유가 생긴 걸 보면.

1인 가구는 딸린 식구가 없어 한가할 것 같지만 우리도 제법 바쁘게 산다. 우렁이 각시가 없으니 청소, 빨래 등 집안일은 기본이고, 집에 뭔가 고장이라도 나면 인터넷을 뒤져 간단한 건 직접 교체해야 한다. 관리실 아저씨라도 불러야 하는 날에는 점심시간을 반납해야 한다. 집에 사람이 없고, 내가 퇴근하면 관리실도 퇴근해야 하니 사정해서 점심시간으로 맞추는 수밖에. 내가 사는 오피스텔 주변에는 세탁소가 없어서

옷더미를 들고 육교를 건너 아파트 상가까지 걸어가서 맡기고, 찾기를 반복해야 하고, 은행 대출 상담도 점심시간에 가야 한다. 크고 작은 일을 모두 혼자 처리하기 때문에 평일 1시간의 점심시간은 참으로 바쁘고 소중하다.

혼자 이렇게 바쁜데도 어쩜 다들 그리 일하며 연애까지 잘하는지. 나의 11살 어린 막내 여동생도 결혼 날짜를 잡았다. 엄마와 함께 공동육아를 하면서 내가 초등학교 때 분유 먹이며 키웠던 그 꼬맹이가 이제 서른 살이 되어서 결혼을 한단다. 점점 커가면서 둘도 없는 단짝 친구가 된 여동생이 나에게 결혼 결심을 알리며 쓴 편지 속 '그동안 잘 키워줘서 고마워.' 문구에 가슴이 뭉클하면서, 동생에게 생긴 새로운 가족으로 '나는 점점 혼자가 되겠구나.'라는 생각도 함께 들었다. 원 가족과 점점 거리를 두게 되는 것은 어찌 보면 당연한 수순이니까. 이미 그럴 조짐은 연애를 하면서 나타나기도 했다.

출산율 1위, 코로나도 재미없어 안 온다는 핵노잼 도시에서 정착이란 걸 해보려 마음먹었다. 직업을 바꾸지 않는 이상 은퇴 전까지는 살아야 하는 곳이고, 서울 파견과 외국 유학 카드도 이미 써버렸다. 이러한 상황을 받아들이고, 주어진 환경 안에서 소소한 재미를 찾아가기로 나 자신에게 되뇌며 밀도 있고 알차게 혼자서 잘 살아가기로 마음의 정착을 위한 노력을 시작했다.

'그동안 바쁘게 살면서 뭘 잃어버렸나.'

새해가 되고 41세가 되면서 밥 먹듯 하던 야근도 많이 줄었고, 시간 여유가 생기면서 '그동안 바쁜 삶을 살면서 잃어버린 게 무엇인지, 또 앞으로 혼자 잘 살려면 무엇이 필요한지' 생각하고, 할 수 있는 건 하나씩 실천해 나갔다.

1. 꼭대기에서 약간 떨어졌길래 덜컥 집부터 사버렸다(지금은 확 떨어져서 마음이 아프다). 그동안 바쁘다는 핑계로 재테크도 하지 않아서 넉넉한 자금은

없었지만, 나이를 먹을수록 당당한 세입자로 살 자신도 없었다. 혼자 살기 딱 좋은 19평에 주변에 밥집이 많고, 나중에 반려동물을 키울 테니 천변 산책로가 있고, 근처 병원까지 나름 치밀하게 고려해서 산 것처럼 보이지만, 실상은 핵노잼 도시에 있는 아파트 중에 가장 작은 평수여서 영끌을 해도 예산에 맞는 곳은 여기뿐이었다.

집을 사서 좋은 점은 직장을 다닐 강한 동기부여가 생겼고, 어차피 세입자가 있는 집을 사서 입주하려면 1년을 기다려야 하지만 지금 살고 있는 이 낡은 집에서 딱 1년만 버티면 나갈 수 있다는, 끝이 보이는 기다림이 주는 힘이 생겼다는 점이다.

2. 퇴근 후에는 달리기로 스트레스를 날려버리기도 하고, 주말에는 김밥집 도장 깨기, 빵지 순례를 다니며 끼니를 해결하기도 한다. 식사 후 운동으로는 애지중지하는 내 차를 셀프 세차하며 1~2시간 동안 주변의 아저씨들 틈바구니에서도 그들을 전혀 의식하지

못한 채로 무아지경에 빠지곤 한다.

부족함이 느껴지면 과감하게 다른 도시로 원정을 떠난다. 백화점, 아울렛 하나 없는 도시라 아이쇼핑을 하러 인근 청주, 대전까지 가기도 하고, 혼자서 호텔이나 펜션에서 자고 오는 것은 더 외롭게 느껴져서 혼자 즐길 수 있는 적정선을 지키며 제주 당일치기 여행을 다녀오기도 한다.

3. 약육강식의 정글 같은 직장이지만, 미혼이면서 마음이 맞는 몇몇 동료들과 친분이 생겼다. 직장 사람들과 퇴근 후 사적인 교류는 하지 않았던 나인데 이제는 약간은 둥글둥글해졌는지, 아니면 하루에 절반 이상을 보내는 직장에서도 마음 붙일 수 있는 누군가를 찾게 된 것 같기도 하고. 쉬는 날은 인근 도시까지 함께 놀러 가기도 하고, 집에 모여 술 한잔하는 날엔 그 집에서 자고 오기도 하면서 혼자 사는 자유로움을 만끽했다.

그래도 뭔가 가슴 한켠의 씁쓸함을 해소하고자

40대를 받아주는 취미 모임을 겨우 찾아서 가입했다. '이 핵노잼 도시에서 나이대가 비슷한 다른 직업의 사람들은 어떻게 살까?' 하는 호기심과 '전혀 접점이 없는 모르는 사람을 만난다'는 불안감 사이에서 고민하다가 한번 도전해 보기로 했다. 나는 아웃사이더 기질인 데다가 이제는 직장, 학교 같은 공통 요소가 없이 오픈마인드로 새로운 친구를 만드는 것은 어렵다는 것을 느끼며 3번 정도 모임을 나간 후 그것 역시 시들해졌다.

"언니! 소개팅할래요?"

다른 기관에 근무하는 동기에게 오랜만에 연락이 왔다. 직장생활에, 퇴근 후에는 아들 둘의 육아 전쟁터로 다시 출근을 하면서도 자기 계발을 놓치지 않아 나보다 3배는 바쁘게 사는 그녀가 내 생각까지 해서 소개팅을 만든 것이다. 서울대 출신이어서 똑똑한데 소탈하기까지 한 인간미 있는 동료라는 얘기에 따뜻한 봄날에 41살의 소개팅이 잡혔다. 결혼정보회사에 돈을 주고 한 번에 40만 원짜리 소개팅을 한 이후로는 이렇게 소개팅을 주선해 주는 것만으로도 참 고맙다. 혹시나 불만족스러운 만남을 주선하고 듣게 될 불평을 감수하고도 나를 위해 자리를 마련한 마음이 느껴지니까.

나이가 들면서 좋은 점은 얼마 지나지 않아도 상대방이 어떤 사람일 것이라는 게 대략 느낌이 오고(나의 편견일 수도 있지만), 나와 맞을지 아닐지 판단이 빨리 된다는 점이다(나의 독선일 수도 있지만). 40대에는 썸 혹은 연애를 해보지 않아서 '40대의 예의를 갖춘 마음 표현'이 그 정도인지 알 수는 없지만, 상대방이 가진 99% 에너지는 사무실에서 근무하며 이미 다 써버렸고, 남은 1%만 가지고 나를 만난 것 같은 뜨뜻미지근한 만남과 마치 알람을 맞춰놓은 것처럼 출근 후 한 줄, 퇴근 후 한 줄씩 묻는 안부 카톡 정도에 '곧 정리가 되겠구나.'라는 생각이 들었다. 물론 나도 예전처럼 적극적인 차단에 나서지는 않지만, 머지않아 그

미약함 마저 사그라들 것이라는 느낌적 느낌.

그렇게 내 인생의 마지막 소개팅은 끝이 났다.

3장

# 떠돌이 신세

## 왜 그렇게 해외를 다녔을까?

### *돈을 주고 산 해방감*

나는 여행이 좋다.
기억은 어렴풋하지만, 남겨진 여행지 엽서와 마그네틱을 봐도
많이 다니긴 했다. 사람마다 여행을 가는 이유는 다양하다.
외국 역사와 문화에 대한 궁금증, 이국적 음식 탐구, 그곳엔 뭔가
있을 것 같은 기대, 빼놓을 수 없는 카톡 프로필 사진 바꾸기 등등.
내 경우는 그 무엇도 아니다. 다녀온 후 공부해야지 했던 세계사는
아직도 모르겠고, 멕시코 피라미드와 그리스 아테네 신전은
아직도 내 핸드폰 속에만 있다.

생애 첫 해외 여행지는 필리핀 세부였다. 주변 친구들은 휴학하고 영어권 국가로 어학연수를 가던 시기, 나는 현실과 타협하며 필리핀 3개월 어학연수를 떠났다. 그것도 감사했다. 우리 형편에. 블로그도 유튜브도 없던 시절이라 혼자 비행기를 타고 그것도 홍콩을 경유해서 간다는 게 얼마나 긴장되었는지 모른다. 유학원에서 보내준 비행기 갈아타는 법을 얼마나 읽어봤었는지.

뽕따 아이스크림 색깔의 아름다운 바다와 새하얀 모래는 트릭이었다. 현장에서 맞닥뜨린 필리핀은 너무 무서웠다. 쇼핑몰이나 큰 식당 앞에는 어김없이 총을 허리에 찬 경비가 있고, 입장할 때마다 내 가방을 열어 보여줘야 했다. 도대체 다들 가방에 뭐가 있길래. 현지인들은 버스 손잡이 같던 내 14k 링 귀걸이를 보자마자 절대로 밖에서는 끼지 말라고 했다. 누가 잡아 뜯어갈 거라고. 나보다 키도 작고 덩치도 작은 사람들은 무서워서 밤에 나가지도 못했다. 처음 2주는 이 나라에 온 걸 후회했다.

'내가 미쳤지, 이런 위험한 나라에 돈을 내고 오다니.'

'필리핀 국어가 영어가 아니고 타갈로그어네. 이럴 수가. 잘못 왔네, 잘못 왔어.'

하지만 사람은 적응의 동물이라더니, 나도 사람이긴 했다. 어학원에 같이 입소한 또래 몇 명과 함께 다니면서 무서움을 어느 정도 떨쳐내고 나니, 전에는 몰랐던 감정이 올라왔다. 해방감이었다. 어떤 때는 불편했던 가족들과 떨어져 있는 자유. 빡빡하지만 세 달치 생활비는 챙겨왔으니 돈 걱정도 없고, 한국 뉴스들을 일도 없으니 나라 걱정, 취업 걱정도 없이 이 상태 그대로를 즐길 수 있었다. 처음이었다. 떠난다는 것 그 자체가 좋았다. 해외여행은 공식적으로 잠수를 타도 되고, 눈앞의 이국적인 풍경에 한국에서의 고민은 잊을 수 있으니까.

취업을 하고부터 본격적인 여행이 시작되었다. 월급이 많은 것도 아니었다. 서른 전까지는 야근을 하지 않으면 통장에 160만 원 정도가 들어왔다. 물론, 적은 돈은 아니었지만 80만 원은 적금이나 보험을 넣고, 관리비에 통신비, 교통비를 내고, 삼시세끼 다 챙겨 먹고 나면 여행이냐 쇼핑이냐를 선택해야 했다. 당연히 청바지와 에코백을 포기했다. 떠난다는 희망이라도 있어야 버틸 수 있으니까. 이 녹록지 않은 삶을. 여행이 끝나면 다음 여행을 준비하고, 비행기표는 6개월 전에 미리 사놓는 생활을 10년 넘게 지속했다.

여행이 무거운 현실로부터의 도망, 현실 그 자체를 즐기는 연습이었다면, 긴 유학 생활은 억눌렸던 자존감을 치유하는 효과까지 있었다. 유학생들은 가족과 떨어져 혼자 낯선 환경에 적응하고, 어려운 현지 언어로 힘들게 수업에 따라가는 상황이 다들 비슷했다. 차 떼고 포 떼고 다들 비슷한 처지에 있는 느낌이랄까. 언제나 주변 타인보다 좀 모자라는 조건을 가진 기분이었던 나는 그 비슷함에서 오히려 편안함을 느끼기도 했다. 나도 힘들지만 쟤도 그렇구나, 그런 생각들. 그리고 뜻밖의 좋은 성적을 받을 때마다 자존감은 올라갔다. '비슷한 조건에서 시작하면, 나도 잘하는 애였어.'

나는 언제나 이방인 같은 존재였다. 엄마의 재혼에 세트로 딸려 온 나는 어쩔 수 없는 동거인이었고, 우등생이었던 내가 실업계 고교생이 되며 학교 부적응자가 되었고, 늦게 입학한 대학에서는 2살 많은 동기 언니였고, 직장에서 동료들과의 학연이 생길 수 없는 독고다이였다. 가끔 나도 평범한 가정에서 태어났으면 좋았을 텐데 아쉬워도 해보고, 가장 좋아하는 영화 <굿 윌 헌팅>의 명대사 'It`s not your fault(네 잘못이 아니야).'를 들으며 마음의 위안도 삼지만 수십 년간 뿌리 박힌 단단한 감정을 말끔히 뽑아버릴 수는 없었다. 내 마음을 치유했던 방법이 바로 여행과 유학 생활이었다. 어찌 보면 내 잘못도 아닌데 항상 신경 쓰며 살았던 것들로부터 잠시 떠나있으며 아무렇지 않게 자신을 대하는 연습을 하고, 가끔은 그리워도 해보면서.

십 년 넘게 여행을 다니며 얻은 긍정적인 효과는 또 있었다. 나도 모르는 사이에 나는 리액션 장인이 되어있었다. 상대방이 말을 하면 눈을 빤히 보는 것은 기본이고, 나의 표정은 놀랐다가 웃다가 울다가를 빠르게 바꾸면서 맞장구도 엄청 잘 친다. 일부러 의도한 것은 아니고 정말 자연스럽게 나오는 건데 내가 봐도 평범한 수준은 아니다. 감정표현에 미숙했던 내가 왜 이렇게 바뀌었을까 생각해 보니 그건 짧은 외국어 덕분이었다. 좋다, 싫다, 맛있다, 최고다 같은 표현을 말로는 잘할 수 없으니 최대한 표정과 몸짓으로 표현한 현장실습의 결과물인 것이다. 그렇게 나는 유쾌하고 푼수 같은 40대가 되었다. 뾰족하고 무표정했던 20대 때는 상상도 할 수 없던 변화다.

# 결혼, 서른 전에도 가능했다

***국제결혼?***

거슬러 올라가면, 서른 전에 아주 빨리 갈 수도 있었다.
세계 곳곳에서 기회가 그렇게 많았는데, 그걸 다 놓치다니.
죽으면 어차피 썩어 문드러질 몸, 뭘 그리 조심하며 아꼈는지….

한류열풍의 시작은 2004년 중국이었다. 때마침 나는 중국어로 자기소개 정도만 배우고는 6개월 어학연수를 떠났다. 중국에 도착한 둘째 날, 가족에게 중국에 잘 도착했다는 이메일을 보내려고 학교 도서관에 갔다. 당시에는 노트북이 없어서 컴퓨터를 사용할 수 있는 가장 가까운 장소로 간 건데, 도서관을 들어가려고 하니 관리인이 출입을 못 하게 막는 것이었다. 무슨 말을 하는데 알 길이 없어 어리둥절하고 있었다.

"지금은 점심시간이라 사용할 수 없대, 점심시간 끝나고 오래."

한 남자가 등장하며 영어로 상황을 설명해 줬다. 그는 "점심 먹었어? 안 먹었으면 같이 먹자." 제안했고, 우리는 일본 식당으로 갔다. 중국어 공부를 하러 왔는데, 영국식 영어 듣기와 말하기 연습이 시작됐다. 카레가 입으로 들어가는지 코로 들어가는지도 몰랐다. 안 그래도 영어로 말하는 건 떨리는 일인데 그것도 처음 본 멋있는 남자와 함께라니. '오마르'는 말레이시아 화교 출신으로 런던에 근무하는 변호사였다. 나보다 10cm 정도 크고, 하얀 피부의 매력적인 외모였다. 그는 점심을 다 먹어갈 때쯤 "너 기숙사는 몇 동이야? 난 8동인데, 1인실이야. 나 아침잠이 많아서 그런데, 내일 나 모닝콜 좀 해주지 않을래? 그리고 아침 같이 먹고 수업 들으러 가자."라고 제안했다.

24살 '유교걸'이었던 나는 쓴웃음을 지으며 고개는 끄덕였지만, 그에게 모닝콜을 하지 않았고, 아침을 같이 먹지도 않았다. 아침을 먹고 나면 앞으로 그와 모든 걸 함께 할 것만 같았고, 나에게 주어진 자유를 절제할 자신도 없었기 때문이다. 지금 생각해 보면 혼자 너무 멀리 진도를 나갔다. 결국 오마르와의 시작은 영화 같았으나, 딱 거기까지였다. 지금 생각해도 제일 아쉬운 기회다. 그간 놓쳤던 그 어떤 재테크 기회보다도.

중국이 기회의 땅이었음은 분명했다. 기숙사 엘리베이터에서 자주 마주쳤던 아프리카 말리에서 온 촉망받는 유학생의 고백을 받기도 했다. 하지만 내 기준에서는 너무 흉겨운 제스처와 아직은 낯선 피부색 때문에 이후에는 계속 그 청년을 피해 다녔다.

직장이 확정된 후 떠난 유럽에서도 한류는 이어졌다. 공무원 시험에 합격한 후 업무를 시작하기까지 몇 개월의 공백이 있었다. 시험 합격을 자축하고 앞으로 자유롭지 못할 시간을 미리 위로하며 유럽 배낭여행을 계획했고, 몇 달 동안 TV 만드는 공장에서 일하며 돈을 모았다. 떠나기 전날 "오~ 샹젤리제~"를 계속 몇 시간째 부르는 나를 보며 엄마는 처음으로 이런 말을 했다. "큰딸, 엄마는 큰딸 믿어. 조심히 잘 다녀올 것이라는 걸.” 엄마의 이 말이 얼마나 큰 파장을 일으킬지 그때는 알지 못했다. 지금 생각하니 내가 결혼을 일찍 못한 건 엄마 책임도 크다.

한 달간 8개국을 돌아다닌 서유럽 배낭여행은 놀라움의 연속이었다. 이국적인 건축물과 풍경도 물론 좋았지만, 이미 한국 공무원 시험에 합격했는데, ‘합격을 포기하고 외국에서 살아야 하나?’ 생각할 정도로 한국에서는 없었던 놀라운 경험들을 했다.

이탈리아 로마에서 피렌체로 가는 기차 안에서 표를 검사하는 직원이 내 표를 보면서, “나도 피렌체에서 업무가 끝나. 나는 피렌체에 사는데, 오늘 저녁 같이 먹을래?” 제안했지만, 둘 다 영어가 능숙하지 않았고, 아직 도착도 안 했는데 ‘모르는 장소’에서 ‘모르는 사람’과 ‘깜깜한 밤’에 만날 수는 없어서 거절했다.

독일 베를린 도미토리에서 마주친 벨기에 청년은 기타를 가져와서 내가 듣고 싶은 노래를 묻고는 직접 세레나데를 불러줬고 밖에 나가서 저녁 식사를 하자고 했다. 지금 생각해 보면 은빛이 도는 눈동자가 매력적인 청년이었다. 하지만, 엄마의 “큰딸 믿어.”가 생각나면서, 도저히 예쁜 눈의 청년을 따라가지 못했다. 결국 숙소에서 낮에 슈퍼에서 산 차가운 빵으로 끼니를 해결했다.

직장생활 첫해 떠난 여름 휴가지에서도 한류는 끝나지 않았다. 혼자 베트남 하롱베이에 갔는데, 현지 여행사를 통해 1박은 하롱베이에 배를 정박해 놓고 배에서 자는 투어에 참여했다. 나처럼 혼자 온 사람 중에는 대만 청년이 있었다. 우리는 마치 함께 여행 온 것처럼 함께 저녁을 먹고, 밤에는 선상에서 하롱베이 하늘에 쏟아지는 무수히 많은 별을 보며 밤새도록 대화했다. 역시나, 여기까지였다. 그의 명함을 받았지만, ‘서울-부산 롱디 연애’도 안 해본 나에게 ‘한국-대만 롱롱디’는 생각할 여지도 없었다.

어떻게 해외에서 더 많은 관심을 받았을까. 가장 큰 이유는 내 마음인 것 같다. 외국에서 만난 스페인 친구가 “너는 언제나 웃고 있어. 참 행복해 보여.”라고 했던 말을 돌이켜 보면, 여행을 가든 어학연수를 가든 외국에서 나는 언제나 웃고 있고, 타인의 행동과 실수에도 참 관대하다. 한국에서의 짐을 벗어 던지고 떠난 곳의 나는 맑은 하늘만 봐도 설레고, 길거리에서 쪼그린 채로 먹는 국수 한 그릇에도 행복함을 느꼈다. 물론 큰 키와 검은 피부처럼 전형적이지 않은 외모에 내숭 없이 직설적인 성격이 한국에서는 다가오기 어렵게 했을 수도 있다.

지금까지 다가온 기회를 자르지 않고, '유교걸' 마인드를 잠시 내려놨었다면 어떻게 되었을지 궁금하다. 역시 한두 번 더 만나고 별일 없이 마무리되었을 가능성이 가장 높지만, 누가 아나? 혹시 내가 런던이나 피렌체에 10년째 거주 중인 유부녀가 되었을지도.

# 34살에 혼자 떠난 중국 유학

## *외국에서도 계속된 내 짝 찾기 프로젝트*

"아는 선배한테 소개팅 얘기 해놨는데, 안 되겠네요."

"다녀오면 36살인데, 결혼 생각은 없는 거구나?"

만 33살 여름, 회사에서 보내주는 중국 석사 유학 시험에 합격했다. 그동안 기다려도 그렇게 없던 소개팅이 그제야 몇 개 들어왔지만 정중히 사양했다. 체류 기간이 2년이고, 몇 달 뒤 떠나는 상황에 도저히 예의가 아닌 것 같았다. 2년간의 해외살이를 기대하던 나와는 달리, 주변 사람들의 의견은 분분했다. 돌아오면 36살인데 결혼 생각은 없는 거냐, 차라리 중국에서 만나라는 결혼장려족부터 결혼하는 게 뭐가 좋냐,

그렇게 멋지게 사는 게 부럽다는 싱글 강력추천족까지.

이 나이에 유학을 결심했을 때 결혼에 대한 고민은 전혀 없었다. 입질조차 없었는데 고민은 무슨. 해외여행을 좋아하고, 일하기는 싫어하고, 유학 시험을 붙으면 학비와 생활비까지 지원되니 도전하지 않을 이유가 없었다. 못 붙어서 안달이지. 솔직히 거창하게 결혼은 잠시 뒤로하고 자기 발전을 위해 떠난다거나 그런 건 절대 아니었다. 하지만 남들에게는 이 기회가 결혼과 맞바꾼 유학처럼 보였나 보다. 유학 시험에 붙은 걸 축하한다고 하면서, 그다음에 꼭 한 마디씩 덧붙이는 걸 보면.

사람은 참 안 변한다. 회사 지원을 받고 가는 유학이라 이번에는 좀 다를 줄 알았는데, 역시나 나는 지지리 궁상이었다. 이사업체를 통해 짐을 붙이는 비용이 아까워서 3단 이민 가방을 최대한 올려 꽉꽉 채웠더니 내 가슴까지 오는 흐물거리는 탑이 되어버렸다.

거기에 백팩을 메고 엉거주춤 서서 그 탑이 쓰러지지 않도록 천천히 밀면서 손목에는 봉다리까지 주렁주렁 달고 유학길에 올랐다. 2년 동안 살 집은 더 가관이었다. 유학 시험을 준비할 때만 해도 내 계획은 무조건 상하이의 전망 좋은 아파트에서 멋지게 사는 거였다. 하지만 물가 비싼 상하이에서는 깨끗한 원룸 오피스텔 월세가 우리 돈 100만 원을 웃돌았고, 나는 혀를 내두르며 1.5평 남짓의 월세 27만 원 학교 기숙사로 들어갔다. 돈이 있어도 못 쓰는 이 지지리 궁상 같으니라고.

팔자도 잘 안 변한다. 평생을 이방인으로 살았는데, 여기에서도 그럴 조짐이 보였다. 우리 학과 100여 명의 학생 중 20명이 외국인 유학생인데, 한국인 유학생은 나 혼자였다. 작년에도, 재작년에도 그런 일은 없었는데 말이다. 이렇게 된 거 이왕이면 중국인 친구를 만들고 싶었는데, 반대로 생각해 보면 나는 나이 많고(10살 이상) 말도 잘 못하는 언니(또는 이모) 아닌가. 적극적인 노력이 필요할 것 같았다. 비슷한 나이에서 오는 유대감은 없을 테니까. 나에게 조금이라도 말을 붙인 동기들을 기숙사 주방으로 초대해서 한국 라면과 짜파게티를 끓여댔다. 일주일 내내 내 점심은 라면과 짜파게티였고, 이런 노력으로 편하게 만날 수 있는 친구가 세 명 생겼다(대부분은 먹튀를 했다).

공부도 만만치는 않았다. 교수님들이 칠판에 쓰는 한자는 내가 아는 한자가 아니었다. 또박또박 쓰여 있는 중국어 교재만 봤는데, 지렁이 한 마리로 그려진 한자라니. 교수님이 설명하는 내용도 알아들을 수 없었다. 섬세한 자기 의사 표현도 서투른 실력인데 '무차별 곡선'이니 '한계효용'이니 이런 단어를 중국어로 알 길이 있나. 결국에는 영어권 교재의 중국어 번역판을 쓰는 과목은 한국의 교보문고 사이트에서 한국어 번역판을 주문해서 함께 보며 공부할 수밖에 없었다. 한국어 한 줄, 중국어 한 줄 비교해 가며, 의미를 익히고 표현을 익히는데 3배 이상의 시간이 걸렸다. 이러려고 유학 온 건 정말 아니었는데. 친구 사귀기도, 공부도 오랜만이라 그런지 어렸을 때보다 훨씬 많은 노력이 필요했다.

‘모든 것에는 다 때가 있다.’

별로 좋아하지 않는 문장이었는데, 늦깎이 유학생에게 가장 공감 가는 문장이었다.

중국에서 내 짝을 찾아보려는 노력도 하긴 했었다. 2학기가 시작되고 드디어 나에게도 봄이 오는가 싶었다. 눈이 똘망똘망한 귀염상 교수님과의 첫 수업, 두 시간 동안 내 잇몸은 바짝 말라 있었다. 나도 모르게 너무 웃음이 나와서. 벨기에에서 공부를 해서 그런지 마인드도 열려있는 것 같고, 똘똘해 보이는 외모도 마음에 들었다. 어떻게든 같이 밥을 한 끼 먹고 싶었다. 남자에게 이렇게 적극적인 태도를 보인 건 처음이었다. 외국에 있어서였는지, 아니면 그때부터 연애, 결혼에 대한 조급증이 시작된 것이었는지. 어쨌든 나는 해내고야 말았다. 매주 수업이 끝나고 앞으로 나가서 궁금한 걸 질문했고, 3주 정도 지났을 때 내가 먼저 저녁 식사를 제안했다.

“저는 한국회사에서 파견되어 공부하고 있는 직

장인 겸 학생인데, 함께 저녁을 먹으며 이것저것 궁금한 것 좀 여쭤보고 싶어요."

주말 저녁, 교수님은 학교 앞 식당의 창가 자리에 앉아 있었다. 그의 맞은편 자리에 앉는 순간부터 끊김 없었던 나의 웃음은 30분이 채 못 가서 쏙 들어가 버렸다.

"저기 지나가는 두 명 보여요? 엄마와 아들. 바로 제 와이프와 아들이에요."

창밖을 가리키며 당당하게 말하는 모습에 나는 한 대 맞은 기분이었다. 지금 자기가 유부남이라는 건데, 그럼 왜 여기에 나왔을까, 유럽에서 공부해서 너무 열려있는 긴가, 내가 자기에게 호감 있는 게 보여서 일부러 그렇게 말한 건가, 그의 가족을 본 이후로는 생각이 복잡해져서 대화는 잘 기억나지 않는다.

교수님은 나이도 비슷한 한국 직장인과 교류하고 싶어서 나왔겠지만, 나는 아니었다. 내 표정을 보고 모르지는 않았을 텐데 뭔가 농락당한 것 같은 기분에 한 학기 동안 유쾌하지 않았다. 어쨌든 한 학기는 매주 교수님을 봐야 하니까. 중국에서 나는 더 이상 누구에게도 껄떡대지 않았다.

철저하게 혼자였던 2년간의 중국 생활이 끝나고 돌아온 직장에는 많은 변화가 있었다. 나보다 나이가 많은 여직원은 작년에 결혼했다며 결혼반지를 흔들어 보여줬고, 속도위반으로 결혼해서 이미 아빠가 된 직원도 두 명이나 있었다. 나는 나이만 먹었다. 석사 졸업장은 이직하는 게 아니면 별 쓸모가 없다. 새로 구한 집도 예전처럼 원룸 크기만 한 오피스텔이었고, 혼자만의 단조로운 생활도 똑같았다.

하지만 지난 2년간의 세월에서 후회는 없었다. 보통 이 나이에는 할 수 없는 공부도, 경험도 여한 없이 다 해봤으니. 다만 혼자 해외에 나가는 건 이번이 마지막일 것 같다는 느낌이 왔다. 외국에서 혼자 있는 게 더 이상 즐겁지 않았고, 중국에 있으면서 가끔 '갑자기 맹장이 터지면 혼자 어떡하지?' 걱정했던 내 모습은 예전의 내가 아니었다.

2부

# 드디어 정착

사소한 말과 행동에서 공통점을 찾으며 '우리 잘 통한다'고
좋아하는 건 20대의 연애와 별반 다르지 않았다.

다른 점이 있다면 결단력과 스피드였다.
그동안 얼마나 외로웠는데, 언제 또 이런 감정을 느껴보겠나 싶어서
사람들이 '우와'하는 조건보다 마음이 끌리는 대로 선택해 버렸다.

인생 뭐 있나.

1장

# 40대의 연애

# 서울대 변호사를 이긴 세차장 주인

## *내 마음 가는 대로*

크게 사치는 못하더라도 혼자 벌어서 먹고 싶은 것은 먹고,
하고 싶은 것은 마음대로 하며, 크게 기쁜 일도 화낼 일도 없는
누군가는 부러워할 잔잔한 일상.
어차피 혼자 사나 둘이 사나 아파트 관리비는 비슷할 것 같고,
어차피 용량이 큰 세탁기라 빨래 돌릴 때 절반도 안 차는데
조금 더 넣어서 2인분을 돌리는 게 어렵지는 않을 텐데.
일상을 함께 할 누군가가 있으면 좋겠다는 생각은
아직도 가슴 품고 있다. 물론 생각처럼 쉽지 않다는 것도 안다.

주말이면 일기예보를 확인하고, 한 달에 한두 번 정도는 셀프세차를 하러 가는 게 일상이 되었다. 최근에 달라진 것이라면 단골 세차장이 바뀌었다. 40대를 받아주는 취미 모임은 3번 정도 나가고 그만뒀지만, 그 모임에서 알게 된 동갑내기가 세차장을 운영한다기에 '그래도 아는 사람을 팔아줘야 하지 않나.'라는 생각에 단골집을 바꿨다. 이 낯선 도시에서 내가 자주 가는 장소에 아는 사람을 만들어 놓고 싶은 마음도 있었다.

서로의 연락처도 모르고 세차하러 가면 인사 정도만 했었는데, 오늘따라 세차장 주인이 한가한지 세차 스킬을 알려주고 내 차도 요리조리 훑어보며 말을 건넸다.

"공간이 좁은 곳에 자주 주차하시나 봐요? 스크래치가 많네요."

"네… 오래된 아파트라서 주차 면적이 좁아요. 아끼는 차라서 마음이 너무 아파요."

"이 정도는 제가 지울 수 있을 것 같아요. 잠시만요."

그는 컴파운드, 광택제, 스펀지 등 여러 가지 용품을 바리바리 싸 왔고, 몇 분 동안 문지르고 닦아내는 것을 반복하니 차 문짝의 흠집이 대부분 없어졌다. 지난 한 달간 매일 차를 볼 때마다 얼마나 신경이 쓰였는데, 몇 분이면 되는 것이었다니. 너무 고마운 마음에 나도 모르게 말이 나왔다.

"정말 너무 고마워요. 제가 밥 한 번 살게요. 주말엔 바쁘신 것 같으니, 평일 저녁에 괜찮으시죠?"

약간의 다정함도 그리웠나 보다. 내 목소리를

듣고 내가 당황스러웠다. 뇌를 거치지 않고 입으로 바로 나간 게 틀림없었다. 너무 대놓고 들이대는 것처럼 보일까 봐 그의 표정을 조심스럽게 봤더니 다행히 이상하게 생각하지는 않는 것 같았다.

월요일 근무를 하면서 휴대전화가 계속 신경 쓰였다. 퇴근 후에도 별다른 연락이 없어서 '내 얘기를 잊었나 보다.' 생각하고 있었는데 화요일 퇴근 후에 카톡이 왔다.

"내일 저녁 괜찮아요? 식당은 제가 윤진님 집 주변으로 찾아보고 내일 낮에 말씀드릴게요."

어떤 식당을 잡을지 모르겠지만, 그래도 남자와의 첫 식사이니 예쁘게 보이고 싶은 마음에 하얀색 정장을 입고 출근했다. 주변 동료들이 평소와는 다른 옷차림을 알아보고 "오늘 너무 화사하다."라고 한마디씩 하고 있는데, 그가 맛집을 찾았다며 여기서 저녁 7시에 보자는 카톡이 왔다. 방바닥에 앉아 닭볶음탕을 먹는 노포였다. 마치 그 장소가 나에게 말해주는 것 같았다. '세차장 주인은 너한테 관심 없어.'라고.

쓸데없이 새하얀 옷을 입고서 닭복음탕 한 마리를 둘이 아주 야무지게 손으로 뜯어먹었다. 아주 저렴하게 밥값으로 22,000원을 지출했고, 커피는 그가 사겠다고 해서 근처 커피숍으로 2차를 갔다. 닭복음탕 집에서는 먹는 데 집중하느라 대화를 많이 못 했다. 커피숍에서 얘기해 보니 건축, 인테리어, 여행에 대한 관심사와 그동안의 여행 경험도 비슷해서 얘기가 잘 통했다. 하지만 그런 주제는 요즘 대부분의 사람이 일반적으로 관심 있어 하는 주제 아닌가. '누구와도 이 정도는 얘기할 수 있을 거야.'라며 스스로 경계 태세를 유지하고 있다가 얼마만큼 잘 맞는지 확인 사살 차원에서 내가 먼저 물있다.

"MBTI 어떻게 돼요? 저는 ESTJ에요."

"저는 INFP요."

아… 하나도 맞는 게 없었다.

다음날 출근해서 친한 동료에게 어제 세차장 주인을 만난 얘기를 하니, 그녀는 제일 먼저 걱정과 우려를 표시했다.

"어떤 사람인 줄 알고. 믿을 만한 누가 소개해 준 사람도 아니고, 잘 모르는 사람이잖아, 안 위험할 것 같아?"

나를 걱정하는 그녀의 말도 일리는 있다. 하지만 이제는 소개팅 주선자도 없고, 설사 아는 사람이 소개를 해준다 한들 그 상대방의 모든 면면을 다 알고 소개해 주는 것도 아니니 사람 속을 모르는 것은 비슷할 것 같았다. 무엇보다 하나도 맞는 게 없는 MBTI 성향이지만, 동갑내기 친구로서 뭔가 잘 통하는 친근한 느낌이 있었고, 나이답지 않은 순수함도 괜찮았다. 다음에 연락이 또 오면 나가야겠다고 마음먹었다. 위험하다고 혼자 집에서 따분하게 있으면 뭐 하나, 어차피 죽으면 썩어 문드러질 몸.

"윤진님! 좋아하실 만한 호주 스타일 레스토랑을 찾았어요!"

또 약속이 잡혔다. 이번에는 양식이다.

그리고 정리라고 말하면 거창하지만, 얼마 전에 소개받아 가끔 연락하던 서울대 출신 변호사에게는 더 이상 답장을 하지 않았다. 며칠을 고민했는지 모른다. 내가 지금껏 소개받은 사람 중에 가장 좋은 스펙이었고, 그래서인지 나도 주변에 이런 사람을 만나고 있다고 은근슬쩍 얘기하는 걸 즐겼다. 그럴 때마다 주변 반응 역시 뜨거웠다. 하지만 문제는 내 마음이었다. 과시하기에 좋았을지 몰라도, 막상 만나면 공통 화제를 찾기 힘들었고, 유쾌하지 않은 대화에 다음번 만남이 기대되지도 않았다. 상대방에 대한 확신은 없지만, 놓치기는 아까워서 겨우 연락을 유지하는 상태였다. 그러던 와중에 등장한 세차장 주인은 재미있었고, 적극적이었다. 의무감처럼 아침, 저녁마다 받는 변호사의 한 줄 카톡보다 세차장 주인의 카톡에서 더 진정성이 느껴졌다. 그래서 사람들이 좋아하는 조건보다 내 마음 가는 대로 선택해 버렸다.

인생 뭐 있나.

## 2005년식 아반떼 XD를 타는 흙기사

***연애는 서툰 41살***

'나 혼자 무슨 부귀영화를 누리겠다고….'

모든 직장인이 다 그렇겠지만 혼자 살며 직장생활을 하는 것도
만만치는 않다. 나의 경우는 동기부여가 약하다.
물론 내가 돈을 안 벌면 안 되지만, 또 혼자서 아껴 쓰면 되는데.
그래서 돈은 적게 주더라도 스트레스를 덜 받는 곳으로 이직하고
싶다는 생각이 스트레스를 받을 때마다 툭 튀어나온다.
영끌로 아파트를 산 후부터 월급날에 맞춰 매달 대출 원리금이
빠져나가지만, 강한 동기부여는 월급날 전날과 당일 딱 이틀뿐이다.

심적으로도 갑갑하게 해소가 안 되는 느낌이 있다. 업무 스트레스로 너무 힘들 때 내면의 생각을 다 꺼내서 얘기하며 풀 상대도 없다. 적정한 거리는 지켜야 하는 직장 동료들에게 순도 100% 내 마음을 다 꺼낼 수도 없고, 부모님께는 의젓하게 잘 지내고 있다는 안심을 시켜줘야 하고, 직장이 다른 친구들에게 매번

전화로 직장 얘기를 늘어놓는 것도 민폐다. 그래서 그냥 혼자 생각하고 혼자 삭히면서 버텨낸다. 직장에서 일할 때는 방어기제가 작동하기도 하고, 승진이나 성과에는 관심이 없더라도 사회적 동물인 만큼 아주 기본적인 인정 욕구는 있기 마련이다. 이런 생활을 10년 넘게 하고 나니 가끔 가족들마저도 혀를 내두르는 날카로운 독기가 생겨버렸다.

이런 나에게 매일 일상을 공유하고 편하게 밥을 먹는 사람이 생겼다. '누군가'의 힘은 강력했다. 내가 호감을 느낀 사람이 친근하게 다가오고, 퇴근 후에 그 사람과 약속이 있다면 스트레스가 많은 일이라도 빨리 끝내고 튀어 나가야 한다는 강한 동력이 생긴다. 하루 10시간은 총성 없는 전쟁터에서 보냈지만, 퇴근하면 설레는 다른 세계가 펼쳐져 하루 만에 두 개의 세계를 겪는 느낌.

자영업자는 처음이었다. 무엇이든 잘 못 믿는 성격이라 남자가 생겼다고 무조건 약속을 잡은 건 아니다. 이 세차장 주인은 뭔가 이상했다. 내가 그동안 겪었던 사람들은 일로 만나거나 소개팅으로 만난 사람들인데 그들과는 확실히 달랐다. 풀세트 정장을 입은 나를 만나러 오는데도 매번 면 소재 고무줄 반바지에 지저분한 크록스 슬리퍼를 신고 당당히 회사 앞으로 데리러 왔다. 어떨 때는 차에서 내려 로비 앞까지 들어와 있어서 기겁하기도 했다. 더군다나 그의 차는 20년 가까이 된 2005년식 아반떼였다. 그 고물차를 쑥스러워하기는커녕 본인이 손수 다 고친 거라며 자랑스러워했다. 그래도 사업을 하니 돈은 좀 있을 거라 생각했는데, 부모님 집은 차로 30분 정도 걸린다며 근처에 원룸도 얻지 않고 그냥 세차장 사무실에서 숙식을 해결하는 남자였다. 반면에 예술에 관심이 많아 그림 그리기가 취미인 이 사람이 가진 의외성에 나의 호기심이 발동한 것이다. 물론 매일 흰머리 난 아저씨들만 보는 내겐 그의 귀여운 외모도 한몫했다.

마침 세차장 주인과 저녁 약속이 있는 날, 곧 결혼하는 여동생이 혼자 사는 언니가 걱정됐는지 안부 연락을 해왔다. 저녁에 그냥 친구와 약속이 있고, 회사 앞으로 데리러 온다고 얘기하니 동생이 혀를 차며 말을 이어 나갔다.

"위장 남사친이네. 그냥 친구는 약속 장소를 정하고 거기에서 만나지, 회사 앞으로 매번 데리러 안 와."

"위장 남사친이 뭐야?" 요즘 언어를 잘 모르는 나에게 90년대생의 교육이 시작됐다.

"좋아하는데 거절당할까 봐 말은 못 하고, 그냥 남사친으로 위장해서 옆에 있는 거야. 틈틈이 기회는 보면서."

새로운 용이를 공부하고 세치장 주인의 말과 행동을 보니 나를 좋아하는 것 같다는 확신이 생겼다. 다섯 번 정도 만났을 무렵 내가 먼저 툭 말을 던졌다.

"나 좋아하지? 내가 왜 좋아?"

"키 크고, 예쁘고, 공무원이고, 돈도 많은 것 같아서."

그의 대답은 놀랍고도 실망스러웠다. '뭐 이런

사람이 다 있지? 내가 공무원이어서 내 연금까지 노리고 접근했구나.' 싶어서 더 이상의 만남은 위험하다고 생각했다.

원래 사람을 잘 믿지 못하지만 그건 타지에서 혼자 사는 최소한의 안전장치였다. 소개팅남이 차로 데려다준다고 해도 인근에서 내렸지 내가 살고 있는 건물도 노출하지 않았던 방어기제가 다시 작동했다. 그런 대답을 하고도 아무렇지 않게 적극적으로 다가오는 것에 위험과 거부감을 느껴 정리에 들어갔다. 다음번 만남에서 내가 먼저 말을 꺼냈다.

"미안한데 친구 이상의 감정은 잘 느껴지지 않아서, 우리 여기까지 하자."

이런 말을 처음 해본 것도 아닌데, 오랜만이어서 그런 건지 아니면 나이가 들어서 인류애가 생긴 건지 가슴 한편이 시렸다. 가슴이 시리다는 표현이 이런 거였구나.

혼자 보내는 잔잔한 일상으로 다시 돌아왔다.

사람 든 자리는 몰라도 난 자리는 안다는 속담처럼 더 이상 울리지 않는 휴대폰에 세차장 주인의 빈자리가 느껴졌다. 그래도 어른 흉내를 내며 무심한 척 잔잔한 일상을 보내던 중 오랜만에 타 기관에 근무하는 동기 오빠에게 전화가 왔다. 동기 남자 중 유일한 싱글로, 20대에 만나서 친해진 그와는 "40살까지 혼자면, 그냥 우리 둘이 같이 살자."라고 농담처럼 내뱉었던 말이 진짜 그렇게 될까 봐 40살 이후에는 약간 거리를 두고 있다. 요새 어떻게 지내냐는 말에 세차장 주인 얘기를 꺼냈다. 어떻게 알게 됐고, 왜 그만뒀는지를.

"솔직하네. 남녀 사이에도 그런 건 두루두루 다 보잖아. 아닌 척하면서 가식적인 건 없는 것 같은데?"

동기 오빠는 어찌 보면 경쟁자일 수 있는 세차장 주인을 나쁘지 않게 평가했고, 그 말을 듣고 나니 내가 또 너무 칼 같이 잘라버렸나 싶긴 했다. 그렇다 해도 2주나 지난 이 시점에서 내가 먼저 연락을 할 수는 없었다. 옛날 사람처럼 꽉 막혀 보일지라도 그건 자존심을 너무 버리는 일이다.

밤 9시, 야근 중인 사무실. 12시간째 컴퓨터를 보는 게 너무 지겨워서 리프레시하려고 핸드폰을 만지작거리다 지금 취미 모임이 진행 중이라는 걸 알게 됐다. 세차장 주인을 알게 된 그 '취미 모임'은 3번 나가고 안 나갔지만, 단톡방을 탈퇴하는 것조차 귀찮아서 그냥 무음 상태로 해놓고 유령회원으로 있었는데, 얼마나 볼 게 없었는지 그 모임의 단톡방까지 클릭해 본 것이다. 모임 장소가 회사 근처고, 그 세차장 주인도 나온 것 같았다. 술 마시며 스트레스는 풀고 싶은데, 세차장 주인이 신경은 쓰이고, 솔직히 보고 싶은 마음도 있었다. 살짝 고민하다가 대충 일을 마무리하고 밤 10시에 느지막이 모임에 합류했다. 아주 오랜만에.

세차장 주인 맞은편 자리가 딱 비었길래 앉아버렸다. 진짜 올 줄은 몰랐다는 그의 눈빛을 보며, 스트레스가 폭발해서일까 그날따라 유달리 더 소주가 달아서 4잔째 혼자 마시고 있는데 그가 내 손목을 잡았다.

"그만 마셔."

세차장 주인 옆자리에는 다른 여자가 앉아 있었

지만, 나만 바라보는 그 눈빛에 왠지 모르게 안심이 됐다. 일행들이 다른 장소로 옮기는 도중에 우리 둘은 따로 빠졌지만, 일행들은 모른 척 한 건지 관심이 없었던 건지 아무도 우리를 찾지 않았다. 그는 잘 지냈냐는 안부 인사, 요즘 어떻게 지내냐는 일상적인 얘기를 끝내고 집으로 돌아가려는 나를 잡으며 마지막인 듯 마음을 표현했다.

"윤진아~, 그만 좀 골라~ 나 너 정말 좋아해~!"

세차장이 시골에 있어서, 나에게는 시골 노총각 필터가 작동하는 이 사람이 비에 젖은 강아지 눈빛을 하고 나를 보는데 동물 애호가인 나는 흔들려 버렸다.

'미리 걱정할 필요 있나? 한번 가보지 뭐. 나중에 어떻게 될지는 모르지만.'

돌이켜 보면 나는 겁이 났던 것 같다. 몇 년 전부터 나는 이런 말을 입에 달고 다녔다.

"어떤 조건이라도 좋으니, 불타는 사랑 한번 해봤으면 좋겠다. 그러면 결혼하고 후회하더라도 내가 그때 미쳤었구나, 이러면서 살 수 있을 것 같아."

그런데 막상 외모도, 성격도, 취향도 끌리는 사람이 나타났고, 그는 매우 적극적이었지만 나는 주저했다. 내가 평소에 접하며 지내는 익숙한 삶을 살아가는 사람도 아니고, 낡은 차에 남루한 옷을 입는 이 남자를 내가 감당할 수 있을까 고민했던 것 같다. 아무리 내가 경제력을 안 본다 해도 그의 20년 된 차를 아무렇지도 않게 탈 용기는 없었다. 내가 극도로 싫어하는 게 없는 데 있는 척 하는 허세지만, 진짜 없어서 허세가 없는 건 다른 이야기였다. 그래서 헤어졌는데, 실은 나도 보고 싶었다. 나만 보는 이 강아지 같은 사람을. 그동안 얼마나 외로웠는데, 언제 또 이런 감정을 느껴보겠나. 감정이 이끄는 대로 가보기로 했다.

그날 이후 세차장 주인은 매일 나의 퇴근 시간에 맞춰 회사 앞으로 왔다. 매일 본지 열흘쯤 되었을까, 그가 차 안에서 파란 장미꽃 세 송이를 건넸다.

"오늘 아침에 출근하는 길에 독특한 게 예뻐 보이길래 샀어."

십몇 년은 족히 된 거 같은데, 정확히 기억도 안 날 정도로 오랜만에 받은 꽃이 너무 고마웠다. 아침부터 내 생각을 하고 파란색 장미의 존재도 알게 해 준 게 고맙긴 했지만, 한편으로는 마흔이 넘었는데 겨우 세 송이인가 싶긴 했다. 물론, 고마움만 표시하고 아쉬움은 속으로만 남겨뒀다.

집에 돌아와서 절친이랑 통화를 하면서는 고마움 보다 '겨우 세 송이'의 아쉬움을 투덜거렸다.

"아니 나이가 몇 갠데 겨우 세 송이야? 돈이 없나?"

절친은 또다시 시작됐구나 같은 말투로 조곤조곤 타이르기 시작했다.

"윤진아, 이제 20대도 아닌데 아직도 왜 그렇게 서투니. 어릴 적 넌 쿨하고 좋은 사람이 되고 싶어서 상대방 행동이 마음에 안 들어도 표현을 안 하고 있다가 혼자서 그게 쌓이면 일방적으로 연락을 끊어버리곤 했잖아. 세차장 주인과는 그냥 가볼 거라며, 큰 기대가 없다는 건데, 그러면 이번 기회에 너의 성격도 고쳐가면서 사귀어 보는 게 어때? 네가 바라는 거, 너의 속마음을 상대방 기분 나쁘지 않게 표현하는 연습을 하면서."

때로는 주위 사람이 나를 더 잘 안다. 나이 41살이 돼서야 '난 뭐든 괜찮아.'식의 합리화 말고 내 생각과 감춰뒀던 내 속마음을 표현하는 연습을 시작해 보려 한다. 비에 젖은 강아지 눈빛을 보며.

# 한우의 위력

## *경계심이 풀어진 이유*

서로의 말과 행동에서 공통점을 찾으며 '우리 잘 통한다'고
좋아하는 건 20대의 연애와 별반 다르지 않았다.
다만 20대와 달라진 게 있다면 몇 번 만나고 선물을 바라고,
명품 가방을 사달라고 조르기까지 했던 내가
이제는 그냥 함께 커피 마시고 산책하는 것만으로도
충분한 행복을 느낀다는 것이다.

세차장 주인을 매일 본 지 보름 정도 되었을 때부터 의식 하나가 생겼다. 퇴근 후 회사 앞으로 데리러 온 그의 차를 타면, 그는 내 눈과 얼굴 상태를 먼저 확인한다. 유달리 바빴던 날은 귀신같이 알아차리고는,

"오늘도 바빴구나. 지금 눈에 독기가 가득 차 있네~ 내가 독기 좀 빼줘야지~." 하고는 한 손을 나의 눈에 1~2초간 갖다 대며 "독기야 빠져라~." 주문을 외운다.

이런 유치한 행동에 "내 공무원 연금을 노리는 연금술사"냐며 핀잔을 줬지만, 웃으며 눈을 감았던 건, 그의 말과 행동에 진심 어린 걱정이 한 스푼 정도는 느껴졌기 때문이다.

내 여름 휴가지가 발리에서 해운대로 바뀌었다. 작년부터 친하게 지내는 역시나 미혼인 직장동료와 올해 여름휴가는 발리로 가기로 했었다. 타지에서 혼자 사는 상황도 비슷하고 말도 잘 통해 어린이날은 함께 등산을 가고, 생일도 챙겨주며 거의 가족처럼 지내는 동료였다. 하지만 내가 세차장 주인을 매일 만나는 걸 알고부터 이제는 휴가를 같이 가긴 어렵다는 사실을 예감했는지, 퇴근 후에는 더 이상 연락을 하지 않았다.

"너 고향이 어디야?"

"나? 울산."

"어? 나도 울산에서 태어났는데?"

"진짜?? 울산 어디서 태어났는데?

"신정동 XX아파트야, 내가 태어난 곳이."

"헉, 거기 우리 동네야…."

"진짜? 내가 이사 안 갔으면, 우리 초등학교 동창이었네!"

특별한 인연이 아닐까 생각한 시간이 켜켜이 쌓이면서 나의 여름 휴가지는 자연스럽게 해운대로 바뀌었다. 물론, 휴가를 같이 가는 사람도 함께.

하루는 업무 스트레스가 심해 조퇴를 해 버렸다. 사무실에서는 나왔는데 평일 낮에 마땅히 갈 곳이 없어 그에게 전화를 하고 세차장으로 갔다.

"평일이라 손님이 없네. 소중한 시간이니까 밖으로 자연 보러 가자. 스트레스엔 녹색을 보는 게 좋대." 라며 교외로 드라이브를 나갔다. 함께 숲을 걷고, 주말에는 시끄러워서 갈 수 없는 커피숍에 한적하게 앉아 있는 게 이렇게 좋은 거였다니. 아니, 함께 하는 사람이 있어서 더 좋았겠지.

'따뜻하다', '편하다', '설렌다', '재밌다', '말이 잘 통한다'. 반면에 '나에게 맞춰주고 있는 것일지 몰라', '아직 바닥까지 보여준 건 아닐 거야.' 세차장 주인과 함께 시간을 보내며 내가 찾던 이상형의 조건을 많이 느꼈지만, 여전히 마지막 경계심은 가지고 있었다. 이런 경계심이 몇 가지 상황을 겪으면서 서서히 없어졌다.

**"나 시간 많아. 나랑 같이 가자."**

같이 근무하는 친한 동료가 목요일에 부친상을 당했다. 친한 동료들과 금요일에는 조금 일찍 조퇴하고 함께 춘천에 다녀오기로 했는데, 그날 오후에 내 업무에 비상이 걸렸다. 해도 해도 끝이 안 나는 업무에 동료들도 내 눈치를 보다가 결국 나는 일단 남기로 했다. 저녁 6시쯤 일이 겨우 마무리되었고, 정말 친한 동료라서 멀어도 꼭 가고 싶었는데 너무 속이 상했다. 언제나처럼 퇴근 시간에 맞춰 회사 앞으로 데리러 온 그는,

"난 돈은 없지만 시간은 많아. 나랑 같이 가자, 춘천 가서 맛있는 것도 먹고 오지 뭐."라며 나를 태우고

춘천으로 출발했다. 금요일 저녁이라 도로는 막혔고, 시간을 아끼느라 가는 길에 저녁도 대충 때웠다. 그는 반바지 차림이라 장례식장에 들어가는 건 실례라며 식장 밖에서 혼자 1시간을 기다렸다. 왕복 7시간 이상을 운전하고 새벽 3시쯤 집에 도착해서야,

"아 피곤하긴 하다." 딱 그 한마디만 하는 그를 보며, 고마움을 넘은 무언가가 느껴졌다. 만약에 운전자가 나였다면 출발할 때 막혔던 그 도로 상황을 보자마자, "여기서부터 막히면, 도대체 언제 도착하냐?"라며 불평부터 시작했을 게 뻔하다. 그리고 집에 도착하고 나서는 피곤한 티를 팍팍 냈겠지.

게다가 우리 둘의 관계가 깊어졌다는 걸, 그날 다른 사람의 눈을 통해 깨달았다. 나는 혼자 장례식장에 들어가서 자연스럽게 회사 동료들이 모여있는 테이블에 앉았다. 내가 혼자 늦게 온 걸 아는 동료들은 내가 맥주 마시는 걸 보며 물었다.

"여기서 자고 가는 거예요?"

"아니요. 다시 집으로 가야죠. 여기 아는 사람도

없는데요."

"아, 술을 마시길래 물어봤어요."

"아… 저 친구가 데려다줬어요. 밖에서 기다리고 있어요."

"친구요? 그건 보통 사이가 아닌데요. 저 같으면 친한 소꿉친구가 태워 달랬어도 절대 안 해요."

**"아, 대학 안 나왔어? 미안, 근데 대학 안 나와도 상관없어."**

동갑이라 그런지 확실히 얘기도 잘 통했고, 운동 좋아하는 것도 비슷해서 함께 달리기, 배드민턴을 하며 즐거운 시간을 보내길 한 달째. 갑자기 그가 물었다.

"윤진아. 나는 XX대 나왔는데 넌 어느 대학 나왔어?

나는 바로 대답하지 못했다. 지금까지 수많은 명문대 출신 틈바구니에서 내가 졸업한 학교 얘기를 할 때마다 알게 모르게 초라함을 느꼈고, 그게 콤플렉스처럼 굳어진 모양이다. 내가 아무런 얘기를 하지 않으니 그가 다시 말을 이어갔다.

"아 대학 안 나왔어? 미안, 근데 대학 안 나와도 상관없어."

그의 말은 나의 콤플렉스를 아무것도 아닌 걸로 만들어 주었다. 석사 학교까지 얘기하는 데는 며칠이 걸렸다. 하지만 그 이후부터는 내가 다른 사람들에게 말하기 어려웠던 부분들도 이 사람에게는 점점 편하게 말이 나왔다.

**"우리 엄마가 집밥 해준다고 집에 와서 밥 먹고 가래."**

마흔 넘은 아들이 연애한다는 걸 알게 된 이 남자의 부모님은 나를 아주 보고 싶어 하셨다. 혼자 살면서 요리를 하지는 않아서, 나에게 '집밥'은 명절, 어버이날처럼 특별한 날에 부모님 집에 가서야 먹을 수 있는 건데 그는 딱 그 한 단어로 나를 유혹했다. 스무 살 어린애도 아니고 마흔 넘어 다 큰 성인이 아무 생각 없이 친구 집에 놀러 갈 수도 없고, 그렇다고 무조건 거절할 수도 없고 어쩌나 고민하길 일주일째. 마침 볼일이 있어서 근처에 갔다가, 남친의 본가까지 들어가 버렸다.

맛있는 집밥, 인사해 보이시는 부모님보다도 나에게 가장 인상적이었던 건 '어린 시절 앨범들'이었다. 막 태어났을 때부터 한 살 먹을 때마다 한 권씩 정리된 앨범 속 수많은 사진을 보며, 단란한 가족의 모습과 부모님의 넘치는 사랑을 느낄 수 있었다. 어릴 적 사진이라고는 몇 장밖에 없는 나는 가질 수 없는 귀중한 추억들이었다. 그의 따뜻한 표현과 행동은 넘치는 사랑을 받고 자라서 자연스럽게 나온 거라는 걸 눈으로 확인한 순간이었다.

"추석 선물이야. 부모님 가져다드려."

세 달 동안 반바지 3벌, 크록스 1켤레로 버틴 알뜰한 그가 20만 원도 넘는 '한우 세트'를 건넸다. 내일부터 추석 연휴가 시작되어 전날 저녁에 미리 추석 인사도 할 겸 저녁을 먹기로 했는데, 내일 아침 일찍 부모님 댁으로 출발하는 나를 위해 미리 '한우 세트'를 준비한 것이다. 평소와는 다른 그의 씀씀이에 우선 놀랐다. 경험은 없지만 명절에 인사를 간다거나, 선물을 보낸다는 게 어떤 의미인지는 나도 대충은 알고 있었다.

그가 준 한우 세트를 들고 부모님 댁에 도착했고, 큰 상자를 보자마자 엄마는 놀라움 반, 즐거움 반의 표정으로 웃으며 물었다.

"어머 이게 다 뭐야?"

"한우야." 나는 최대한 짧게 대답했다.

"이 비싼 걸 큰딸이 샀어?"

"아… 아니. 남자 친구가 사줬어. 부모님 가져다 드리라고."

"뭐? 너 남자 친구가 있었어? 생겼으면 바로 말을 했어야지!"

남자 친구가 생겼다고 말을 하면, 부모님께 달달 볶일까 봐 그의 존재를 알리지 않았다. 거짓말을 한 건 아니다. 부모님은 30대 후반까지는 결혼을 재촉하셨지만, 마흔을 넘기며 '이젠 안 되겠구나.' 체념을 하신 것 같았고 "남자 친구는 있니?"라고 물어본 적도 없으셨으니까.

한우의 위력은 대단했다. 저 멀리서 '남자 친구'의 존재를 알게 된 아빠도 신이 나서 묵직한 한방을 보탰다.

"다음 주 주말에 남자 친구랑 같이 집에 와라. 아빠가 보고 싶다고 전해."

다음 주에 이 먼 곳을 또 오게 생겼다. 그것도 둘이서.

## 연애 한 달, 내 집에 기생충이 산다.

### *늦게 배운 도둑질, 날 새는 줄 모르네*

"따뜻한 물도 나오고, 커피머신도 있고 너무 좋다."
여름휴가를 함께 보낸 후, 나를 집까지 바래다주면서
그는 은근슬쩍 우리 집에 들어왔다. 그러고는 나가질 않았다.
세차장 사무실에서 자는 것보다 훨씬 편하다며 좋아하는 그를
매몰차게 내쫓을 수는 없었다. 그렇게 시작됐다.
연애 한 달 만의 동거생활이.

자유롭지만 보수적인 내가 동거를 한다는 사실을 믿을 수 없지만, 내 집에 누군가가 들어왔고 내가 웃으며 그를 맞은 건 분명했다. 거창한 계획을 갖고 시작한 건 아니었다. 결혼을 전제로 한다던가, 평생의 반려자인지 알아보는 테스트라는 생각은 없었으니. 사실 두려울 것도 없었다. 혼자 사는 집에 누가 찾아올 일도 없었고, 혹시나 임신하게 된다면 그냥 낳지, 뭐. 이런 생각은 했던 것 같다. 이 나이에 불임이 문제지 임신은

문제가 아니었다. 내 집에 있는 그의 짐이라고는 잠옷 한 벌과 칫솔 한 개가 전부였고, 함께 밥을 해 먹거나 빨래하는 것도 아니라서 생활의 룰도 없었다. 어차피 나 혼자 있어도 관리비는 나가는데, 그가 쓰는 물세 정도는 내가 내도 상관없었다. 퇴근 후 데이트가 끝나고, 내 집에서 함께 시간을 더 보내고, 아침에 함께 출근하는 생활이 시작됐다. 물론 주변 사람들에게 말할 수는 없었다. 마흔이 넘었어도 여자인 내가 동거를 한다고 말할 수 있는 분위기는 아니니까. 그저 남들이 보기에는 매일 아침 누가 태워다 주고, 저녁에 언제나 누가 데리러 오는 그런 상태였다. 그것도 내 입으로 말한 적은 없었다. 차에 타고 내리는 것을 몇 번 들켰을 뿐.

내가 사는 집은 전용면적 13평의 복도식 아파트다. 방 두 개, 식탁을 놓을 수도 없는 좁은 주방, 샤워부스도 없는 화장실이 내 집의 전부다. 그중에 방 한 개는 옷방 겸 창고로 써서 사실상 방 한 칸에서 잠도 자고, 밥도 먹고, TV도 보고 모든 걸 해야 한다.

혼자 살기에도 빠듯한 공간에 군식구 하나가 더 늘어난 것이다.

아무리 퇴근 후 매일 봤다 해도 사귄 지 30일밖에 안 된 남자가 내 공간에 있다는 건 불편한 일이었다. 샤워 후 벗은 몸으로 집안을 돌아다닐 수도 없고, 집에 오자마자 머리를 올백으로 묶을 수도 없었다. 그러면 내 얼굴이 그의 얼굴보다 더 커 보이기 때문이다. 긴 머리를 치렁치렁 늘어뜨리고 예쁜 척을 하며 자다가 새벽에 한두 번 깬 적도 많았다. 혹시라도 코를 골까 걱정에 발동된 자기검열이었다. 혼자 사는 사람들은 자기가 코를 고는지, 잠꼬대를 하는지 알지 못하니까.

당연히 소소한 불편함보다는 같이 있다는 행복감이 더 컸다. 그러니 연애 중에 동거하는 커플도 많고, 동거까지는 안 하더라도 주말 내내 같이 있고 그러겠지. 그동안 혼자 봤던 유튜브가 이렇게 재미있었나 싶기도 했고, 특별한 것을 하지 않아도 얘기하다 보면 12시를 넘기기 일쑤였다. 한번은 이런 일도 있었다.

"윤진아, 방바닥이 좀 뜨거운 것 같은데?"

"집도 좁고, 여름이라 방바닥이 달궈져서 그런 거 아닐까?"

그는 아무래도 이상하다며 보일러를 확인했다.

"여름인데 왜 보일러를 온돌로 틀어놨어? 그래서 뜨거운 거였네."

"아? 그래? 온수로 틀었던 게 아니었구나…."

1년 내내 온돌로 맞춰져 있던 보일러를 바로 잡아주고, 밤 10시가 넘어서도 무서워하지 않고 엘리베이터를 탈 수 있게 되면서 누군가와 함께 산다는 게 이런 건가, 생각해 보게 되었다. 사랑도 물론 있지만, 서로에 대한 의지, 내가 못 하는 걸 상대방이 해주는 상호보완 작용도 있는 것 같았다.

하지만 나는 세차장 주인과 좋은 시간을 보내면서도 가족을 포함한 누구에게도 이 사실을 말하지 못했다. 나 자신도 누가 동거를 한다고 말했을 때 쿨하게 받아들일 자신이 없는 사람이다. 시원시원하고 쿨한 성격으로 보이지만, 실상은 내 속 얘기를 잘 하지 않는 성향 탓도 있다. 어쨌든 부모님께 지난 40년 동안 남자 친구를 소개한 적도 없는데, 한 방에 동거라니, 민망함에 차마 입이 떨어지지 않았다.

세차장 주인은 달랐다. 세차장 사무실 대신 우리 집에서 생활하면서, 그는 평소대로 3~4일에 한 번씩은 본가에 갔다(그날은 자유의 날이었다). 그때 자연스럽게 내 집에서 지내고 있다는 얘기가 나왔다고 한다. 내 사진도 보여주면서. 이건 남녀의 차이일까, 집안 분위기의 차이일까. 어쨌든 그때부터 세차장 주인은 본가에서 올 때마다 엄마가 만든 반찬, 엄마가 전해주라고 보낸 선물을 배달했다. 그러면 나는 배달해 온 반찬은 맛있게 먹고, 전달받은 시계와 목걸이는 염치없이 바로 차고 다녔다. 그렇게 세차장 주인은 우리 집에 기생하고, 나는 그의 엄마에게 기생하는 식으로 두 달을 보냈다.

동거 예찬론자는 아니지만, 지난 두 달간 내가 느낀 감정은 행복과 쾌락뿐만이 아니었다. 내가 새벽까지 야근을 해도 그는 언제나 회사 앞으로 데리러 와서 함께 집으로 갔고, 침대 생활을 불편해하는 그를 위해 나는 푹신한 침대를 포기하고 바닥 생활을 시작했다. 우리가 지난 두 달여간 기분 상한 적이 없었던 것은(물론 뭘 해도 좋을 때지만) 각자의 이런 노력과 배려 덕분이었다.

무엇보다 가장 큰 변화는 나에게 생긴 용기였다. 그동안 나는 꼭꼭 감춰둔 내 안의 상처를 말하기 싫어서 누구와도 깊은 관계를 맺지 않았다. 그래서 누구를 소개받아 서로의 가정사를 얘기할 때쯤이면 그 관계를 끊어버리는 게 내 고질병이었다. 하지만 가까이서 지켜본 세차장 주인은 누구보다 따뜻했고, 나도 용기를 낼 수 있을 것 같았다. 생각은 그렇게 했어도 얼마나 힘들었는지 모른다. 할 말이 있다고 맞은편에 앉혀놓고도 얼마나 입이 안 떨어지던지. 마침내, 누구에게도 못했던 얘기를 처음으로 그에게 해버렸다. 부모님이 왜 재혼을 했고, 그래서 아버지와는 성씨가 다르고, 그동안 내가 어떻게 살아왔는지를.

연애를 시작한 지 세 달, 같이 지낸 지는 두 달여 만에, 세차장 주인이 우리 부모님을 만나러 간다. 그가 우리 부모님께 사드린 한우 세트 덕분에. 연애도 십몇 년 만에 처음이고, 동거도 처음이고, 부모님께 인사도 처음이라 지금 이 상황이 어떻게 돌아가고 있는 건지, 우리 집에서는 또 어떤 일이 벌어질지는 모르겠다. 연애, 동거를 시작했을 때처럼 그냥 아무 계획 없이 흐르는 대로 가보려 한다. 그래도 다행인 건, 지난 두 달간 밀착된 관계 덕분에 그에 대한 확신이 생겼고, 그에게는 나의 모자란 점을 아무렇지 않게 얘기할 수 있게 되었다는 사실이다.

# 코로나 시대, 영상통화 상견례

## *10살 어린 막둥이 여동생의 선물*

나만 빼고 모두가 다 바빠 보였다.
세차장 주인은 가을 환절기라 비염 증세가 심해졌는데,
우리 부모님 앞에서 코를 훌쩍거리면 안 된다며
매일 이비인후과에 들락거렸다.
우리 엄마는 바닷가 왔으니 제철 해산물은 먹어야 한다며
가을 전어를 준비하면서, 세차장 주인이 생선을 싫어할까 봐
소고기까지 준비하고 있었다.
막내 여동생은 주말 근무가 잡혔다며,
어떻게든 근무조를 바꿔보려고 이래저래 짱구를 굴리고 있었다.
세차장 주인 어머님도 아들내미의 예비사위룩을
심혈을 기울여 쇼핑 중이셨다.

항상 혼자 가던 고속도로를 누군가와 같이 간다는 건, 재미있지만 복잡 미묘한 일이었다. 고속도로 휴게소 간식을 두 배로 다양하게 사서 나눠 먹고, 끊임없이 세 시간 반을 얘기하는 건(그것도 조수석에서 편하게) 참 흥겨웠다. 하지만 본가에 가까워질수록 20년 넘게 살았던 집에 이 사람이 들어가서 부모님을 만

나고, 외삼촌을 만나고 그런 건 뭔가 발가벗겨지는 것 같은 느낌이랄까.

내가 직접 도어락 비밀번호를 누르고 현관문을 열었는데 아빠, 엄마는 현관 앞에 강아지처럼 서 있었다.

"우리 집에 온 걸 환영해~!"

문이 열리자마자 부모님은 한껏 웃으며 손뼉까지 쳤다. 미리 연습이라도 한 것처럼 싱크로율이 딱 맞았다.

"만세!!!" 아빠는 입으로 만세를 외치고 두 손을 번쩍 들었다.

내가 입을 삐죽거리며 한마디 했다.

"아니, 철저한 검증절차는 없어? 우리 딸 어디가 좋냐, 집은 준비돼 있나? 뭐 그런 걸 물어야지."

엄마는 바로 내 등짝을 때렸다.

"이 나이에 옆에 있어 주는 것만으로도 고맙지! 우린 무조건 OK야!"

그렇다. 세차장 주인은 출생 연도는 나와 같지만 나보다 생일은 6개월 어린 나름 연하였다.

평소 세차장 주인은 해산물은 비린내가 난다고 고등어도, 멸치도 잘 먹지 않았지만 엄마가 먹어보라고 얹어준 전복 내장을 "맛있네요"라며 꿀꺽꿀꺽 삼켰다. 이게 드라마에서 많이 보던 남자가 인사드리러 가서 밥 먹는 정답지구나 싶었다. 엄마 아빠는 이미 세차장 주인을 새로운 가족처럼 대했고, 정말이지 우리 집에 와준 것만으로 고마워하는 것처럼 보였다. 질문은 별로 없고, 나도 못 받아본 하트표 눈빛으로 쳐다보는 걸 보면.

저녁을 먹고 술도 한잔해서 알딸딸하게 9시가 지났을 무렵, 뜬금없이 우리 아빠가 물었다.

"지금쯤 자네 부모님은 주무실 시간인가?"

"아니요. 일찍 주무시긴 하시는데요, 지금은 안 주무실 것 같아요."

엄마는 반색을 하며,

"아 그래? 그러면 영상통화 한번 하면 어떨까? 많이 실례이려나?"

"실은, 저희 부모님께서도 영상통화 하고 싶다고 하셨어요. 저 인사 갔다 와서 상견례 한다고 또 만나는 게 번거로우시면, 그냥 제가 여기 온 김에 영상통화로 상견례 하자고 하시긴 했어요."

세상에… 상견례라니… 그것도 이 밤에 영상통화라니… 부모님들 생각도 똑같다니… 내가 알딸딸한 사이에 끼어들 틈이 없이 뭔가 착착 진행되고 있었다. 세차장 주인은 이미 본인 아빠에게 영상통화를 걸었다.

"아버지! 통화 가능하세요? 저 윤진이랑 윤진이 부모님과 같이 저녁 먹고 있어요."

"아~ 아들!! 지금 자려고 누웠는데, 10분 있다가 다시 전화해라. 옷 좀 차려입고 다시 통화하자."

그 사이 우리 엄마도 화장실에 들어가서 머리에 물을 묻히고 빗질도 한번 하고는,

"10분 정도 지난 것 같은데, 다시 전화해 볼까?"

"예!"

그렇게 시작된 영상통화는 10분간 진행됐다. 코로나 시대에 업무차 영상회의는 많이 해봤어도, 세차장 주인이 휴대폰을 들고 우리 쪽에서 4명이, 반대편엔 세차장 주인 부모님 2명이 함께 참여하는 대화라니…. 부모님들은 인상이 좋으시다는 서로의 칭찬으로 영상통화를 시작하셨다. 우리 얘기도 하시며 시간을 보내시다가, 마무리 멘트로 '이걸로 상견례를 대신하자고' 합의하셨다. 이렇게 쿨한 70세 부모님이라니….

전화를 끝내고 엄마가 신난 것 같으면서도 약간 재촉하듯이 말했다.

"그래, 상견례도 끝났으니, 올해 안에 결혼해라. 이미 나이도 많은데 더 늦을 필요 있겠나. 근데, 너도 알다시피 아빠 무릎이 더는 못 견뎌서 12월쯤에 무릎 수술을 할 거거든, 수술하면 최소 6개월은 재활을 해야 한다더라. 그러니 아빠 수술 전으로 날 잡아. 참, 그것도 알지? 막내가 자기 시집 식구들이랑 11월 중순인가 말인가 해외여행 간다던데. 그래도 결혼인데 막내도 오게 그 날짜도 피해야겠네."

오늘이 9월 17일인데… 한우 선물 세트 사준 남자 친구를 집에 인사시키러 갔다가, 결혼 날짜까지 받아와 버렸다. 올해 안에 하되, 안 되는 날짜는 언제 언제라는 식으로.

결국 근무조를 못 바꿔서 전화로 영상통화 상견례 소식을 들은 막내 여동생은, 뭔가 빼박 못할 상황을 만들려는 듯했다. "내가 결혼선물 미리 해줄게. 형부 사업장에 뭐 필요한 거 없어? 개업한 지 얼마 안 됐으면 아직 손이 많이 가지 않나?"라며 내가 아니고 굳이 세차장 주인에게 선물을 준단다. 여동생은 내가 30년을 키운 은혜와 10년 넘게 나에게 빌붙어 해외여행을 다닌 빚을 이걸로 갚는 것 같았다. 내가 분유 먹여 키운 애가 사회에 나가 돈을 벌어 이렇게 어른 노릇까지 한다니. 여동생은 딱 고정해 놓고 버릴 수 없는 세차장 간판을 선물했다.

2장

# 무늬만 스몰웨딩

# 결혼, 이렇게 쉬운 거였어?

***이 사람을 선택한 이유***

주말에 혼자 마트에 가서, 맞은편에 부부가 같이 끄는 카트를 봤을 때,
혼자 탄 비행기에서, 커플티 입은 신혼부부를 봤을 때,
직장에서 야근해야 하는데, 육아를 걱정하는 워킹맘을 보며.
결혼이 하고 싶은데 그게 뜻대로 안 될 때는,
미안한 얘기지만 솔직히 다른 사람에 대한 시기도 있었다.
"뭐? 애 둘을 데리고 총각이랑 또 결혼을 했다고?"
나는 한 번도 못 갔는데, 누가 두 번이나 갔다는 소식을 들었을 때는
욱하는 성격이 폭발해 버렸다.

어린 시절 나의 뾰족한 성격 때문에 상처받은 소개팅남들의 '저주'라고 받아들이며 '혼자 살 결심'까지 했었는데. 3개월을 만나고, 부모님께 처음 인사드리는 날에 영상통화로 상견례까지 한 큐에 끝냈다. 결혼이란 게 이렇게 쉽게 진행될 수 있다는 게 뭔가 허무하기도 하고, 실감도 나지 않았다. 지금 이 상황에서는 내가 'no'를 하지 않는다면, 진짜 곧 결혼이란 걸 하게 될 것 같았다.

세차장 주인과 함께 있는 시간이 행복하지만, 꼭 이 선택을 해야 할지 최종 점검에 들어갔다.

**1. 착하고 자상하고 부지런한가?**

세차장 주인이 어떻게 변하게 될지는 솔직히 나도 잘 모른다. 하지만, 아무리 고된 하루를 보냈어도 내가 저녁에 달리고 싶다고 하면 옆에서 러닝메이트를 해주고, 아침 7시 ktx를 타야 할 때는 오송역까지 기사 노릇을 자처하며 오히려 나에게 "옆에서 눈 좀 붙여."라고 해주고, 일요일에 출근한 내 얼굴이라도 보려고 저녁 8시까지 기다렸는데, 5분 만나고 내가 다시 사무실로 들어갔어도 이해해 주는 이런 배려와 헌신이 그래도 좀 지속되진 않겠나 하는 희망 섞인 마음이 있다.

**2. 지금 내가 다리 아프고, 배고픈 상황이 아닌가?**

"다리 아플 때 의자 고르는 거 아니고, 배고플 때 마트 가는 거 아니야. 내가 그렇게 결혼을 결정했어."

주변에서 본인들의 결혼을 후회하는 푸념과 함께

종종 들었던 말이다. 내가 그동안 혼자 있는 아주 외로운 시간을 보냈어도, 명확한 건 세차장 주인 덕을 보려는 마음은 1도 없고, 그와 함께 있는 그 시간이 어느 누구와 보내는 것보다 재미있고, 편하다는 것이다.

'인생 뭐 있나. 같이 살아보고 싶은 사람하고 한번 살아봐야겠다.' 싶었다.

**3. 절대 안 되는 조건 1가지에 해당하나?**

30년 지기 친구는 '내가 결혼할까' 생각 중이라고 하니 근무시간 중 초치기로 일을 하는 상황에서 엑셀표 하나를 뚝딱 그려서 보냈다.

| | 출산희망 Y | | 출산희망 N |
|---|---|---|---|
| | | | |
| 절대 안되는<br>조건 1가지에<br>해당 Y | | 절대 안되는<br>조건 1가지에<br>해당 N | 비혼 |
| | | | |
| 다른 놈 만나기 | | 결혼 | |

아주 늦은 나이지만, 가능하다면 내 아이를 갖고 싶다는 생각은 있고, 게으름과 잘난 척을 극도로 싫어하는 나의 배제 조건에 해당하지는 않으므로, 순서도를 따라가면 '결혼'이다.

돌이켜 보면, 내가 지금까지 살아왔던 삶의 방식은 사람들이 '우와'하는 걸 쫓아가기보다는, 내가 진짜 행복해하는 쪽을 선택하는 것이었다. 공무원 시험에 합격해서 아무 생각 없이 '힘 있는 기관'을 선택했지만, 막상 일을 해보니 나의 흥미에 맞지 않아 시간이 갈수록 힘들었다. 결국에는 자발적으로 '힘없는 기관'으로 근무처를 옮겼다. 석사 유학을 가서도 마찬가지였다. 소위 말하는 명문대와 중간 정도 레벨의 대학에 동시에 합격했는데, 내가 선택한 학교는 명문대가 아니었다. 30대 중후반의 나이에 명문대 졸업장을 위해서 나의 소중한 2년의 세월을 모두 학교 수업에만 몰빵하기는 싫었기 때문이다. 세차장 주인과 함께 있는 시간에서도 내가 진짜 행복을 느끼기에 결혼이란 걸 드디어 한번 해보려 한다.

5급 공무원과 세차장 주인의 조합이 사람들 보기에 평범하지 않은 것 같았다. 직장에서도 연애 중이라고 말하면 가장 많은 질문이 "공무원이야?" 였고, 주변 동료들을 둘러봐도 배우자 직업은 공무원, 교사, 공기업, 대기업 직원이 많다. 우리나라 자영업자 수가 500만 명을 넘는다는데, 내 주변에 자영업자와 결혼한 사람은 내가 처음이니 결혼은 확률과는 상관없는 모양이다. 사람들이 보기에 소위 '사회적 지위'는 공무원이 자영업자보다 나을지 몰라도, 그 외의 것은 그가 월등히 낫다는 것을 사람들은 잘 모른다. 화목한 가정과 착한 심성, 성품 좋고 헌신적인 그의 부모님, 가족 간에 느껴지는 끈끈한 유대감은 내가 가져보지도 못한 것들이었고, 사장님이기에 출퇴근 시간에서 자유롭고, 내가 하는 일이 곧 나의 성과로 100% 돌아오기에 나보다 더 부지런하다는 것도 그렇다.

그 수많은 소개팅, 단체미팅, 결혼정보업체를 통해 먼저 스펙을 알고 만났던 사람들과는 연애의 '연'자도 시작하지 못했고, 내 인연은 스펙을 전혀 모른 채

호감으로 시작한 자연스러운 만남이었다. 역시 사람 일은 아무도 모른다.

## 야근하며 5주 만에 결혼식 준비하기

### *정답은 없다*

"울산 잘 다녀왔어? 남자 친구 인사는 잘 시켜 드렸고?"

"상견례까지 끝내고 왔어요. 오늘부터 결혼 준비해야할 것 같아요."

월요일 아침, 동료들의 안부 인사에서 내가 한 대답은 내가 생각해도 어이가 없었다. 당연히 동료들도 번갯불에 콩을 볶는 속도보다 더 빠른 진행에 다들 말문이 막힌 듯 보였다. 어떤 이는 만난 지 세 달밖에 안 됐는데 너무 빠른 거 아니냐며 걱정했고, 또 다른 이는 지금 그 짧은 달콤한 시간만 참으면 되는데, 라며 아쉬워했다. 그때마다 나의 대답은 세상 쿨했다. "몰라요. 결혼, 해보죠 뭐. 대신 축의금은 조금만 내세요. 금방 돌아올 수도 있으니."

"난 결혼식 안 해도 괜찮아, 웨딩촬영도 필요 없어."

아무리 산전수전 다 겪은 40대 라지만, 나는 쿨하다 못해 결혼식에 대한 로망도 없었다. 30대 후반부터 결혼이 하고 싶긴 했어도, 내가 원한 건 '결혼식'이 아닌 '결혼 생활'이었다. 결혼식에 로망이 없는 건 그동안 불순했던 나의 태도 때문이기도 했다. 솔직히, 십수 년간 수많은 결혼식에 매번 진심으로 축하하는 마음으로 참석한 건 아니었다. 청첩장을 세금 고지서처럼 들고서 겨우 눈도장을 찍고 밥 먹으러 직행한 결혼식도 많았는데, 그렇게 참석했던 결혼식을 내가 준비해서, 예전의 나 같은 손님들을 초대할 마음이 있을 리 없었다. '국적 불명'(신부 드레스는 서양식, 엄마는 한복, 손님께 인사하고 폐백 할 때는 다시 한복), '공장형 웨딩'(30분도 안 걸려 부부 한 쌍이 탄생)에 뭘 그리 돈을 쓰고, 시간을 써야 하나 싶었다.

"그래도… 간단하게라도 결혼식은 해야 하지 않나?"

"두 번 결혼하는 사람도 드레스 입고 결혼식 하는데, 도대체 뭐가 모자라서 안 한다는 거야?"

"평생 한 번인데, 나중에 후회하지 않겠어?"

세차장 주인, 엄마, 여동생은 각자의 언어와 세기로 나를 설득했고, 나도 그들을 설득했다. 나는 신혼여행만 다녀와서 혼인신고만 하고 살아도 된다고, 어차피 올 친구도 별로 없고, 엄마가 정 아쉽다면 친척들끼리 모여서 밥이나 한 끼 먹자고. 엄마한테 등짝까지 맞으면서도 팽팽했던 며칠간의 실랑이 끝에, 결국 나는 내가 사랑하는 사람들의 요구를 들어주기로 했다. 아주 간소하게 결혼식은 하는 걸로.

아무리 간소해도 일생의 큰 행사라는 결혼인데, 지금 가진 돈으로 결혼이란 걸 할 수 있을지 현실적인 고민이 시작됐다. 결혼을 하게 될 줄 모르고 혼자 살 준비로 작은 아파트를 영끌로 사버려서 내 통장잔고는 말라 있었다. 걱정되는 마음에 세차장 주인에게 물었다.

"나 500만 원밖에 없는데, 넌 얼마 있어?"

"나도 500만 원 정도밖에 없어."

이게 바로 부부의 연인지…. 잔고마저 똑같았다.

잔고가 500만 원밖에 없는 민망한 상황 속에서도 한 줄기 희망은 있었다.

"우리는 아무것도 바라는 거 없고, 너희 둘만 행복하게 잘 살면 된다." 양가 부모님들은 마흔 넘어 제 짝을 만난 것만으로도 충분하다며 짠 듯이 똑같은 말씀을 하셨다. 받고 싶으신 게 왜 없으셨겠나 싶다. 그동안 주변에서 자식들 결혼시키며 후기도 많이 들으셨을 텐데. 하지만 제 코가 석 자였던 우리는 그 말씀을 곧이곧대로 듣기로 했다. 예단이니, 폐백이니, 이바지 음식이니 그런 절차는 생략하기로. 물론, 양심은 있어서 뭘 받고자 하는 마음도 없었다.

무엇보다 결혼식장을 알아보는 게 급선무였다. 곧 9월 말이고, 아버지 무릎 수술 때문에 11월 안에는 결혼식을 올려야 하므로 주어진 시간은 두 달 뿐이었다. 아무리 간소하게 한다고 해도 걱정되는 마음에 내가 먼저 얘기를 꺼냈다.

“우리 신혼여행 먼저 다녀와서 결혼식 하는 건 어때? 11월에 가능한 결혼식 장소를 찾으면 좋고, 안되면 여행 먼저 다녀와서 아빠 무릎 좀 회복되면 내년에 하는 걸로.”

“음… 안돼. 너 신혼여행 다녀와서 단물 다 빨아먹고 나 버릴 수도 있잖아.”

“그러게. 그럴 수도 있겠다.”

“다들 결혼식을 하고 신혼여행을 가는 이유가 있을 거야. 우리도 그렇게 하자.”

적은 예산으로 스몰웨딩 장소를 찾기는 쉽지 않았다(그것도 지방에서). 일반 웨딩홀의 작은 사이즈 홀은 바로 옆의 성대한 홀과 비교되며 상대적으로 초라한 느낌이 들었고, 40명이 밥을 먹을 수 있는 이탈리안 레스토랑은 공간 대여비만 200만 원이었다.

신부인 내가 괜찮다는데도 꽃장식을 무조건 해야 한다니. 시골 글램핑장의 휑한 잔디밭도 대여료만 100만 원에 뷔페, 하객 의자 등 모든 걸 내가 직접 준비해야 해서 도저히 엄두가 나지 않았다. 결혼식을 안 해도 된다던 나는 뻔하지 않은 장소를 찾으려고 하루에 여덟 군데를 돌아다녔다. 스몰웨딩이지만 친지 어르신들을 고려해서 한식 식사까지 생각해야 하는 정말 까다로운 여정이었다. 마지막에는 기운이 빠져서 불평조차 안 나올 만큼.

너무 지쳐서 결혼식을 포기할 뻔한 찰나, 지인의 지인 소개로 맘에 드는 펜션을 찾았다. 자연에 둘러싸인 경치에 반해(이제는 아무거나 결정해 버리자는 포기 상태이긴 했다), 생전 처음 가 본 옥천군 산속 펜션을 하루 빌려서 펜션 잔디밭에서 신부들의 로망이라는 야외 결혼식을 하기로 했다. 결혼식 일자는 사주, 궁합 이런 것과는 아무 상관 없이 이 펜션에서 올해 야외 결혼식을 할 수 있는 딱 하루 남은 날짜로 정해졌다. 5주 뒤 토요일로.

쉽다면 쉽고, 어렵다면 한없이 어려운 결혼식 준비를 지금까지는 나름 쉽게 넘고 있다. 필요 없는 건 과감히 생략하고, 결정할 건 우리 마음대로 하면서. 무엇보다 너무 늦은 결혼이라 묻지도, 따지지도 않는 부모님, 관습적인 절차와 주위의 시선 따위는 개의치 않는 우리였기에 가능했던 것 같다. 업무상 바쁜 시즌이라 야근하며 결혼식을 준비할 수밖에는 없고, 더군다나 우리는 쉬는 날도 다르다. 평일은 세차장 주인이 한가하고, 주말에는 내가 한가하다. 우리가 가진 예산, 시간이 절대적으로 부족하니, 준비가 부족하다면 부족한 대로 가보기로 했다. 결혼식 초대 손님도 100명이 안 되고, 다 편한 사람들이니 이해해 줄 거라 생각하면서. 결혼식장 예약은 했으니까 어떻게든 되겠지.

그나저나 결혼식 준비는 그렇다 치고, 결혼생활 준비는 5주 만에 될까 고민스럽다. 사귄 지 세 달밖에 안 됐는데 5주 뒤 결혼이라니. 물론 지금도 같이 살고 있지만 언제든 갈아탈 수 있는 지금과는 아주 다른 생활인 것이다. 그렇다고 확실하게 뭘 준비해야 할지도 모르겠다. 마음과 행동이란 게 하루아침에 바뀌는 것도 아니고. 나는 아직도 세차장 주인의 차를 타면 이런 말을 하곤 한다.

“우리 5주 뒤에 결혼 하는 거야? 실감이 안 나는데? 그럼 앞으로 소개팅은 못 하는 거야?”

그럴 때마다 그는 깊은 한숨을 쉰다

“윤진아. 나니까 그런 얘기 들어주는 거야. 다른 데서 그런 말 하면 큰일 나.”

자금 부족으로 백화점에서 물건을 사진 않겠지만, 그래도 트렌드를 익히는 차원으로 주말 저녁에 백화점을 가기로 했다. 1층 화장품 매장도 아니고, 3층 여성복 매장도 아닌, 생전 가보지도 않았던 8층 주방&침구 매장을 가려는 내가 너무 낯설긴 하다.

# 결혼 준비 갈등이 나에게도 오다니

## *티파니 받고 아침을*

"나는 티파니 반지 하나면 돼."

"티파니?? 그거 엄청 비싼 거 아니야?"

"아니 엄청 비싼 거 말고, 평소에도 끼고 다닐 정도로 말이야."

나는 그동안 반지를 가져본 적이 없다. 먹으면 없어지는 보석 모양 사탕 반지 빼고. 돌 반지는 받았었는지 잘 모르겠고(기억도 없고, 돌사진에도 반지는 없고, 남아 있는 반지도 없다), 커플링을 한 적도 없으니 결혼반지는 생애 첫 반지다.

물론 내 돈으로 사는 방법도 있었지만 왠지 그러기가 싫었다. 한 달 생활비를 여행이며, 각종 취미생활, 먹는데 다 써버려서 여윳돈도 없었지만, 있다 해도 내 돈으로 귀금속을 사기는 싫었다. 드라마에서 남자 주인공이 반지나 목걸이를 선물하는 장면을 너무 많이 봐서였을까, 그건 사랑하는 이성에게 받아야 한다는 게 내 로망이었다. 그래서 세차장 주인을 만나기 전까지 내가 가진 액세서리는 내가 산 5만 원 미만의 귀걸이가 전부였다.

헤어스타일을 바꾸고 싶으면 연예인 머리만 보이고, 가방을 사고 싶으면 지나가는 사람들이 멘 가방만 보이는 법이다. 결혼이 하고 싶어지니 다른 사람이 낀 결혼반지가 그렇게 눈에 띄었다. 친구나 동료들이 네 번째 손가락에 끼고 있는 반지에 나도 모르게 눈길이 갔고, 마음에 드는 상대를 발견하면 반지가 있는지 먼저 확인하기도 했다. 가끔은 업무상 미팅 자리에서 만난 괜찮다 싶은 남성이 결혼반지를 끼고 있으면 '그럼 그렇지. 벌써 누가 채갔구나.' 하며 아쉬워했고, 매일 결혼반지를 끼고 다니는 중년을 볼 때면 나도 모르게 흐뭇해 하기도 했다. 나도 옷장에 보관만 할 무거운 반지 말고, 매일 끼고 다닐 결혼반지가 가지고 싶었다.

"엄마가 반지 준비해 놨대. 근데 디자인이 독특하더라. 팔찌까지 세트로 해놨어."

"독특? 그럴 리가 없는데? 티파니 반지 맞아? 팔찌까지면 엄청 비쌀 텐데?"

결혼 얘기가 나오고부터 나는 가벼운 톤으로 나의 로망을 세차장 주인에게 얘기했다. 평소에 끼고 다닐 '티파니 반지' 정도면 된다고. 예상되는 금액에 얼어 버려서 그랬는지 그때마다 그는 별 대답이 없었다. 그런 사람을 붙잡고 내가 받고 싶은 스타일은 이거다, 라고 구체적으로 설명할 수는 없었다. 그게 문제였다. 뭔가 잘못되었음을 직감적으로 느꼈다. 내가 원한 건 3부 정도의 작은 다이아몬드만 박힌 심플한 반지였고 디자인이 독특할 리 없었다.

결혼 한 달 전, 그 반지와 팔찌를 받고 나는 무너져 내렸다. 알파벳 T자가 옆으로 누워있는 형태로, 지름의 1/3 정도는 큐빅이 붙어있는 티파니 모조품이었다. 그의 부모님과 헤어지고 한 시간쯤 지난 뒤 용기를 내서 세차장 주인에게 말했다. 말을 안 하면 이 반지는 내 결혼반지가 될 것이 분명했기 때문이다.

"나 이 반지 마음에 안 들어."

"왜? 티파니 반지 아니야? 독특하고 예쁜데?"

"내가 원한 스타일은 이게 아니야. 그리고 이거 가짜잖아."

물론 명품 이미테이션 반지를 결혼반지로 하는 사람도 많은 건 안다. 하지만 나는 모르면 몰랐지, 알면서도 명품 이미테이션 제품을 사는 사람은 아니다. 더군다나 내가 결혼예물로 원한 건 티파니 3부 다이아 반지 딱 하나였는데, 그거 하는 것도 그렇게 어렵나, 라는 생각에 잠이 오질 않았다.

누가 잘못일까 하는 생각과 서러움에 눈물까지 났다. 진짜 명품만을 고집하는 나의 문제일 수도 있고, 내 로망을 대수롭지 않게 생각한 세차장 주인의 문제일 수도 있다. 거기에 더해 어쩔 수 없는 상황이 가져다준 측면도 있다고 느껴졌다. 나는 평소에 일을 할 때 내가 작성한 보고서나 자료를 주변 동료나 상사가 이해하지 못할 때는 내 보고서가 문제라고 생각하는 편이다. 너무 어렵거나 복잡하게 써서 나만 이해할 수 있는 보고서는 필요 없는 보고서라고. 이걸 대입해 보면 내가 원했던 반지가 무엇인지는 나만 알고 있었고, 개략적인 것만 아는 상황에서는 그 사람의 소비 습관 또는 그가 믿는 상식선에서 준비하게 될 것이다. 나는 진짜 티파니를 원했지만, 그건 브랜드값이고 같은 값이면 두 개를 살 수 있는 모조품이 더 실용적이다, 라는 생각도 존재할 수 있는 것이다. 사실 난 그렇게 생각하기로 했다. 나 자신을 위해서.

다음 날 아침 정리된 내 속마음을 얘기했다. 내가 원하는 반지도 보여줬으니 이제는 문제가 해결될 줄 알았다.

"반지에 팔찌까지 준비해 주신 어머님은 정말 고맙게 생각해. 하지만, 평생 낄 내 결혼반지인데 내가 맘에 드는 걸로 했으면 좋겠어. 그리고 내가 가장 서운한 건 너의 태도야. '부모님이 준비했으니 나는 더 이상 신경 안 써도 된다.'라는 그 태도가 너무 서운하더라."

그날 오후, 사무실에서 나는 폭발해 버렸다. 어머니와 함께 백화점으로 예복을 사러 간 세차장 주인이 전화를 했다.

“바빠? 한 가지 물어보려고. 엄마가 자기 안 끼는 5부 다이아 반지가 있다는데.”

“그래서?”

“네가 얘기한 티파니 3부보다 크고, 그걸로 결혼반지를 하면 어떨까 해서.”

“너 자꾸 이럴 거야? 그리고, 나 중고 진짜 싫어.”

전화를 끊고 얼마나 화가 났는지 화장실로 가서 심호흡하고 손을 씻어도 도저히 혈압이 내려오질 않았다. 다시 목소리를 들으면 내 감정을 주체하지 못할 것 같아 카톡을 보냈다.

“이제는 도저히 못 참겠다. 원하는 반지 하나 제대로 못 사는 이 결혼, 난 안 할래.”

퇴근하면서도 화가 가라앉지 않아서 한 시간 반을 걸어 집에 왔다. 깜깜한 길을 걸으면서 오만가지 생각을 했다. 그러고 보니 연애하면서 선물 받은 것도 하나 없었구나, 아주 큰 물방울 다이아몬드도 아니고 5부 다이아 반지 중고는 또 뭐냐, 엄마 말만 듣고 살 거면 그냥 그렇게 살라지 뭐 등등.

밤 11시에 초인종이 울렸다. 민트색 티파니 종이백을 든 세차장 주인이었다. 그는 종이백을 식탁 위에 올려두고 몇 마디를 하고서는 다시 집을 나갔다.

"티파니 반지야. 오늘 매장 가서 샀어. 네가 받고 싶어 했던 거니까, 나랑 헤어지더라도 그냥 이건 너 가져. 윤진아, 나는 돈이 별로 없어. 결혼할지 말지는 네 결정에 따를게."

내 가슴에 크고 묵직한 덩어리가 쑥 빠지는 느낌이었다(영혼이 나간 것이었을까). 적막한 방에서 다시 생각에 잠겼다. 세차장 주인과 이렇게 끝내도 후회는 없을지, 다시 혼자 사는 적막한 생활로 돌아갈 자신이 있을지. 내가 그렇게 화를 냈음에도 그는 티파니 반지를 들고 나를 찾아왔고, 그 자체가 자존심을 접고 나에게 굽히고 들어온 것이란 생각이 들었다. 물론 세차장 주인과 반지 때문에 끝낼 자신도 없었다.

“어디야? 빨리 집에 안 들어올 거야?”

20분 뒤, 그는 이번에는 검은 비닐봉지를 들고 들어왔다. 자정이 다되어 소주와 맥주 그리고 우리가 가장 좋아하는 치토스와 썬칩을 먹으며 오늘의 이야기를 풀어나갔다.

그리고 다음 날 아침, 출근 준비를 하는데 그가 갑자기 한쪽 무릎을 꿇었다. ‘marry me’가 적힌 상자에서 티파니 반지를 꺼내 내 손가락에 끼워주며 “이걸로 프러포즈 한 거다.”라고 말하는데 나는 웃고야 말았다. 그날부터 지금까지 나는 매일 화장품을 바르고 옷을 입듯이 티파니 반지를 낀다.

이 티파니 사건의 영향은 크게 두 가지로 나타났다. 우선 세차장 주인의 부모님이 내 성질을 알아 버렸다는 것이다. 사람이 마냥 좋게만 보였는데, 마음에 안 드는 건 확실하게 의사 표시를 하고 불같이 화도 낸다는 사실을. 물론 진짜 사고 싶은 건 사야 하고, 중고품은 싫어한다는 것도. 또 다른 영향은 우리에게는 좋은 쪽으로 나타났다. 이 사실을 알게 된 양가 부모님은 결혼 비용에 보태라고 천만 원씩을 주셨다. 둘이 합해 천만 원이었던 결혼 준비 예산이 3천만 원으로 풍족해지는 의외의 효과였다.

이번 일을 계기로 우리는 서로를 너무 잘 알아 버렸다. 나는 그가 가진 소년미, 40대에게서는 볼 수 없는 연애에 대한 적극성을 좋아했다. 하지만 그런 요소는 연애 경험이 없어서 가능했던 것 같기도 하다. 경험 부족에서 온 어리숙한 소년미와 이번은 성공해야 한다는 올인 수준의 적극성으로. 어쨌든 앞으로는 내가 약간의 뉘앙스만 말해도 찰떡같이 알아듣는다든지, 여자의 마음을 잘 알아준다든지, 한발 앞서 뭘 준비한다든지 그런 건 기대하지 않기로 했다. 진짜 원하는 게 있다면 구체적으로 정확하게 얘기하기로.

당분간 그에 대한 나의 교육은 계속될 듯하다. 특별한 날에는 조금은 돈을 써서 마음을 표현해야 하고, 부모님이 챙겨주셨다 하더라도 그걸로 본인의 의무가 없어지는 게 아니라는 것을. 그리고, 아주 어렵겠지만 부모님에 대한 효심을 유지하면서도 원가족과 분리하는 연습을 슬슬 해보려 한다.

# 가족수당 4만 원 때문에 일찍 해버린 혼인신고

## *달라진 4만 원의 가치*

"어? 왜 나보다 월급이 더 많지?"

"나는 배우자 수당이랑 자녀수당이 있잖아."

"아니, 일한 대가로 받는 게 월급인데, 가족이 있다고 더 받는다는 거야? 그동안 괜히 내가 더 많이 샀네…."

일반직 6급 이하 공무원들의 급여체계는 호봉제를 따른다. 1년을 일하면 1호봉이 올라가는 식이라, 특히 여자 동기들의 경우 군대 경력이 없으니 기본급은 모두 동일하다. 야근수당은 개인이 야근한 시간에 따라 받는 것이니 다를 수 있다 치고, 배우자가 있으면 매달 4만 원, 자녀가 있으면 매달 2만 원씩 꼬박꼬박 나오는 가족수당이 나는 제일 불만이었다. 이 가족수당 때문에 야근을 한 달 풀로 채워도 내 월급은 동기들보다 언제나 작았다. 30대 초반부터 하나둘씩 결혼을 하기 시작했으니, 거의 10년 동안.

혼자 벌어 혼자 쓰면서 한 달에 몇만 원 가지고 뭘 그러냐, 가족이 있으면 돈이 얼마나 드는 줄 아냐, 저출산 문제가 얼마나 심각한데 일종의 싱글세라고 생각해라, 고까우면 결혼해라 등등 줄줄이 비엔나처럼 얘기가 나올 게 뻔해서 차마 티는 못 냈지만 괜히 억울한 건 어쩔 수 없었다. 누군 뭐 결혼 안 하고 싶어서 이러고 있나?

싱글로 살아가면서 느낀 감정은 종종 소개팅 단골 소재로 쓰이기도 했다. 느낌이 좋은 상대와 갑작스럽게 맞닥뜨린 정적의 순간을 참지 못할 때마다 나는,

"제가 거의 10년 동안 동기들보다 월급을 적게 받았어요. 왜 그런 줄 아세요?"

"잘 모르겠는데요? 성과급 뭐 그런 건가요?"

"아니요~ 사기업은 잘 모르겠는데요, 저희 공무원은 가족수당이 있거든요. 배우자가 있으면 배우자

수당, 자녀가 있으면 자녀수당, 그런 걸 한 번도 못 받아 봤어요. 혼자 오래 사니 그런 것도 좀 서럽더라고요.”

“그럼 제가 받게 해드릴게요. 다음 주에 혼인신고부터 하러 갈까요?”

농담으로 꺼낸 가족수당 얘기에 돌아온 건 대부분 말장난 같은 대답이었다. 가끔은 그런 장난 같은 얘기에 혹하기도 했지만, 정신줄을 꽉 부여잡고 법률로 묶이는 구속은 더더욱 신중히 해야 한다고 마음을 다잡던 나였다.

‘언제 혼인신고를 해야 하나.’

이번에는 진짜였다. 상견례도 끝났고(영상통화로 간단하게), 결혼 날짜와 식장도 잡았다(5주 뒤로). 언제부터 배우자 수당 4만 원을 받을 것인지는 온전히 나의 선택에 달려있었다. 그렇게 고대하던 4만 원이었지만, 막상 나에게 선택권이 주어지니 결혼 가속 페달만 밟던 나는 잠시 생각에 잠겼다. 3개월 만난 남자와

5주 뒤에 결혼한다는 것 자체가 속전속결인데 혼인신고 역시 빨리하는 게 맞는 것인지, 나의 감정과 선택에 있어서 자기 확신이 있는지. 더군다나 요즘은 대출이나 아파트 청약 때문에 혼인신고를 미루기도 한다는데 법률적으로 굳이 빨리 엮일 필요가 있을지.

평소 습관처럼, 머리가 복잡할수록 그냥 심플하게 생각하기로 했다. 혼인신고를 안 하고 헤어진다 해도 돌싱은 돌싱이고, 나중에 재산권 분할로 다툴 만큼의 재산도 없고, 대출이나 청약계획도 딱히 없었다. 그래서 결혼식 1주일 전에 미리 혼인신고를 해버렸다. 결혼이 가까워질수록 시간은 더 없을 것이고, 신혼여행을 다녀와서 어영부영하다 보면 달이 바뀌어 한 달치 수당을 못 받을까 봐. 4만 원과 맞바꾼 법률적 얽매임이었다.

혼인신고는 생각보다 간단했다. 법률혼은 서류 한 장만 작성하면 되는데 결혼식은 뭐가 그리 준비할 게 많은 걸까 생각될 정도로. 그래도 가족에게 혼인신고를 했다고 알려야 할 것 같아서 엄마에게 전화를 걸었다. 수화기 너머로 꺼이꺼이 울음소리와 말소리가 함께 들렸다.

"드디어 진짜 가족이 생긴 것을 축하한다."

엄마의 말을 듣고 보니 이렇게 빨리 결혼을 결정하고, 빨리 혼인신고를 했던 것도 '보통 가족'으로 살아보고 싶다는 나의 열망에서 비롯된 것은 아닐까 하는 생각이 들었다. 40년 넘게 이방인으로 살았던 삶을 정리하고, 이제는 보통 사람처럼 살고 싶다는 마음으로. 새 아버지와 성이 달라 언제나 '동거인' 신분이었던 내가 처음으로 가져보는 평범한 주민등록등본이었다.

또 다른 변화도 있었다. 혼인신고를 기점으로 나에게 4만 원의 가치는 달라져 버렸다. 결혼 전 4만 원 정도는 별생각 없이 마음대로 쓰는 돈이었다. 매달 월급을 받아 적금 또는 대출이자로 내고 남은 돈을 나는 정말 마음대로 다 썼다. 여행이든 취미든 먹는 것이든 뭐든 간에. 모두 온전히 나를 위해서. 하지만 지금은 4만 원을 지출하려면 꼭 필요한 것인지 몇 번을 생각하고 꼼꼼한 가격 비교도 필수다. 그것조차도 나만을 위한 쇼핑은 없다. 법적 배우자와 함께 쓰거나 아니면 온전히 그를 위해서다. 때로는 그 가족수당으로 받는 4만 원의 무게가 더없이 무겁기도 하다. 법적으로 엮여 있으니 화를 내도 최극단까지 가지는 못하고, 그래도 함께 건강하게 오래 살아야 하니 법적 배우자의 건강관리도 신경 써야 한다. 4만 원을 그냥 받는 건 아니었다.

# 스몰웨딩으로 시작한 빅웨딩

## *결혼식의 순기능*

난 분명히 결혼식은 안 해도 된다고 했었다.

막상 뭘 하게 되면, 요구조건이 까다롭고,

확실히 하는 내 성격이 또 나와버렸다….

만난 지 3개월밖에 안 된 세차장 주인은 몰랐겠지. 이 정도일 줄은.

우선, 우리가 가진 돈과 5주도 안 되는 준비시간을 고려해서, 우리에게 큰 의미가 없는 건 과감히 생략했다. 역시 사람을 못 믿는 성격으로, 웨딩플래너 없이 스스로 준비하면서 예단, 폐백은 생략, 신혼집과 예물은 간단히 끝냈다. 전세 계약이 아직 8개월이나 남은 내 집으로 세차장 주인이 큰 침대와 서랍장을 사서 들어오기로 하면서 신혼집과 가전 · 가구를 끝냈다. 예물은 행여나 밖에서 싱글 행세를 하지 못하도록 평소 끼고 다닐 정도의 가격과 크기로 반지 하나씩만 하기로 했다. 어떤 지인은 나에게 "5급 공무원이면 알이 큰 반지는 받아야 하는 거 아니냐."라며 슬슬 긁었지만, '저러니 아직 못 간 거 아닌가.' 속으로 생각하며 개의치 않았다.

문제는 결혼식이었다.

'평생 한 번뿐인데.'

현명한 소비자라고 자부하던 나도, 웨딩산업을 지탱하는 그 유혹의 말에 빠지고 말았다. 공주 놀이를 하는 웨딩촬영은 분명히 안 한다고 했었다. 하지만 무료 어플로 모바일 청첩장을 만들려고 보니 둘이 찍은 쓸만한 사진이 없었다. 아무리 캐쥬얼한 결혼식이라 해도 운동 복장이나 집에서 찍은 사진을 쓸 수는 없으니. 결국은 셀프 촬영 스튜디오를 예약해서 실내 촬영을, 내 옷장에 있는 핑크색 원피스를 입고 집 근처 갈대밭 산책로에서 야외촬영까지 하기로 했다. 사진기사로는 끝나고 선짓국 한 그릇을 대가로 아직 싱글인 세차장 주인 대학 선배를 섭외했다.

드레스도 분명히 처음에는 저렴한 걸 찾았었다. '한 시간 입는 거 비싼 거 입을 필요 있나?'라는 생각에 10~20만 원짜리 셀프 웨딩드레스를 대여하러 가긴 했다. 드레스를 입고 나온 모습을 본 세차장 주인은 눈빛이 하트표로 변하기는커녕 하와이 원주민 같다며 웃었고, 나도 부정할 수는 없었다(검은 피부, 천 소재 레이스 콜라보의 부작용이었다). '내가 이거 아끼려고 십몇 년간 돈 벌었나.' 생각이 들면서, 결국엔 급행료까지 내고 식 한 달 전에 부랴부랴 대전에서 가장 큰 드레스샵 고객이 되었다.

종이 청첩장도 분명히 처음에는 안 하려고 했다. 결혼을 준비하는 걸 알게 된 친한 동료가 청첩장을 달라길래 종이 청첩장은 안 할 거라고 했더니, 또 훈수를 뒀다.

"종이 청첩장 안 뿌리면, 직장에서 축의금은 수거 못한 다고 봐야 해. 친한 사람들은 모바일 청첩장을 보내면 되지만, 종이 청첩장은 어정쩡한 관계에서 필요한 거야. 카톡을 보낼 수도 없으니."

아직 미혼인 그녀의 말을 듣고 보니 그럴싸해서, 결혼식을 2주 남겨놓고 종이 청첩장을 찍었다. 받을 땐 몰랐다. 날짜 확인하고, 계좌번호 찾아보고 덮었던 그 청첩장 문구 하나하나에 고민과 정성이 들어있다는 것을.

결혼식은 여러 사람들의 손을 빌리는 작업이었다. 그동안 무신경했던 가족과 주변 사람들에게 너무나도 미안하고 고마울 만큼.

사회자와 축가는 세차장 주인의 가장 친한 동생들이, 사진기사는 세차장 주인의 대학 선배가, 동영상 촬영은 세차장 주인의 절친들이, 주례를 대신하여 양가 아버님들은 덕담을, 나의 11살 어린 여동생은 큰 언니가 드디어 결혼하는 기쁜 마음을 편지로 낭독했고, 펜션에 주문한 바베큐만으로는 모자랄까 봐 우리 엄마는 홍어와 갓김치를 손수 무쳐왔고, 시어머니는 떡을 맞춰오셨다.

이렇게 많은 도움으로 진행된 결혼식 마무리로

세차장 주인은 대중교통도 없는 산속 펜션까지 오신 손님들께 감사를 표현했고, 마지막으로 나도 마이크를 잡고, 신랑에 대한 고마움과 사랑을 만천하에 알렸다.

"뭘 해도 재미없던 나에게 나타나 줘서 고마워, 늦게 만난만큼 재미있고 밀도 있게 살자. 사랑해."

결혼식에 표준이란 건 없지만, 돌이켜보니 나는 결혼식을 검정고시처럼 치렀다. 보통은 3년간 학교생활을 해야 졸업장을 받지만, 시험 한 번이면 되는 검정고시처럼, 남들보단 조금 짧고 간단하게, 5주 준비해서, 100명 미만이 모여 스몰웨딩을 했다. 결혼식 자체에 회의감을 가졌던 내가 느낀 그 의식의 순기능은 나에게 결혼했다는 자각을 준다는 것이다. 신혼여행 후 직장 동료들의 "잘 다녀왔냐."라는 인사에서, 결혼식에 참석했던 사람들이 "너 결혼식 때 ~~였어."라고 회고할 때, 나는 내가 '결혼'을 했다는 걸 인지하곤 한다. 그리고는 나도 모르게 약간은 책임감 있는 행동을 하게 된다. 보통 사람들보다 흥이 많고 자유로운 영혼인 나에게는 이런 낙인효과도 필요했다. 일반적인 형식과는 조금 다른 결혼식이었지만, 예쁘게 차려입은 새 식구를 친척들에게 인사시키는 자리를 갖고 싶었던 부모님의 희망을 보더라도, 내 마음가짐을 보더라도 '그래도 그 의식을 하길 잘했구나.'라는 생각이 드는 요즘이다.

ps. 사람들이 많이 하는 선택에는 다 이유가 있다. 웨딩홀에서 하는 결혼이 훨씬 편하긴 하다. 식전 음악, 신부 입장 음악, 신랑 입장 음악, 행진 음악, 식사 시간 음악 등을 직접 고르고, 결혼식 시나리오에 맞춰 음악파일을 재생할 친구까지 정해야 할 줄은 몰랐다. 단, 끝나고 추억할 것이 많은 건 사실이다.

**결혼 절차의 많은 부분은 생략, 신혼집은 내 자취방으로 한 이 결혼의 총비용은?**

| 대분류 | 항목 | 비용 |
|---|---|---|
| 결혼식장 | 대여로(생화장식 포함) | 330만 원 |
| | 식대(100명 기준) | 350만 원 |
| 예식준비 | 신부 드레스+헤어 메이크업 | 140만 원 |
| | 본식 드레스 헬퍼비 | 20만 원 |
| | 신랑 예복+구두 | 200만 원 |
| | 혼주 메이크업(양가 어머니) | 30만 원 |
| | 혼주 한복대여(양가 어머니) | 50만 원 |
| | 종이 청첩장 | 7만 원 |
| 스튜디오 촬영 | 대여료(장소, 원피스) | 9만 5천 원 |
| | 헤어 메이크업(신랑, 신부) | 12만 원 |
| | 촬영기사(선배) 답례 | 20만 원 |
| 예물 | 결혼 반지(신랑, 신부) | 520만 원 |
| 신혼여행(몰디브) | 비행기표 | 260만 원 |
| | 리조트 | 500만 원 |
| 신혼 가구 | 침대 | 50만 원 |
| | 5단 서랍장 | 50만 원 |
| 기타 | 결혼식 당일 홍어 떡, 별도 준비 | 70만 원 |
| **합계** | | **2618만 5천 원** |

3부

# 결혼은 인생의 전환점이 맞더라

결혼식을 빠르고 쉽게 했다고 결혼생활 역시 쉬운 것은 아니었다.
생전 해보지 않았던 집밥을 하고,
식칼 하나 사는데 치열한 의견 조율이 필요하고,
우리는 가출을 감행하면서까지 서로를 알아가고 있다.

과연 연애와 결혼은 무엇이 다를까?
세차장 주인이 아프고 힘들어하는 모습을 볼 때면
연애 때는 몰랐던 애틋함과 안쓰러움이 느껴진다.
'내 사람', '우리', '가족' 이런 단어가 익숙해지면서
자연스럽게 생기는 감정인가 보다.

1장

# 결혼 후의 변화

# 10대는 피임 걱정, 40대는 난임 고민

***힘들고 바쁘게 살았던 지난날의 후회***

"난소 나이는 43세네요."

"네? 제 나이가 38살인데요? 건강에는 자신 있다고 생각했는데…."

"여자는 태어날 때부터 난자의 수가 정해져 있어요.

환자분 잘못이 아니에요."

만 38살 11월, 당시 나는 결혼정보업체도 탈퇴하고 연락하는 남자조차도 없으면서 난소기능 검사(AMH 검사)를 받았다. TV 프로그램에서 여자 연예인들이 본인의 난소 나이를 얘기하는 걸 보며 '돈 벌려고 그런 것까지 공개해야 하나.' 싶었는데, 어쨌든 그녀들 덕분에 그런 검사가 있다는 걸 알게 되긴 했다.

내 주변 싱글 여성들을 보면 거의 두 부류로 나뉜다. 결혼은 해도 그만 안 해도 그만이고(어느 정도 포기한 사람이 더 많다) 일로 자아실현을 추구하는 부류와 아직도 결혼은 포기하지 않았고, 가능하다면 아이까지 갖고 싶다는 부류. 나는 당연히 후자였다. 언젠가 결혼을 하고 아이도 갖고 싶지만, 내 나이는 곧 마흔이고, 지금 당장 남자를 만나서 결혼을 해도 아이는 가질 수 있을까, 하는 불안감이 문득문득 들던 시기였다. 마침 자궁경부암 건강검진을 받으러 산부인과를 간 김에 말로만 듣던 난소기능 검사를 했다. 간단하게 피만 뽑으면 되는 검사지만, 비용은 절대 간단히 넘길 수 없는 10만 원이었다.

며칠 뒤 검사 결과를 듣기 위해 진료실에 앉았다. 나만의 느낌이었는지는 몰라도, 여의사는 나를 약간 애처롭게 보는 것 같았다. 그녀는 조심스럽게 검사 결과를 설명했다.

"AMH 수치가 0.68로 나왔어요. 환자분 실제 나이보다 조금 높게 나왔는데요, 평균적으로 43세에 해당하는 수치에요."

AMH(Anti-Mullerian Hormone,항뮬러리안호

르몬) 수치로 내가 가지고 있는 난자의 수를 예측할 수 있는데 가임기 초기에는 AMH수치가 높고, 폐경에 가까울수록 0에 수렴한다고 했다. 일반적으로 수치가 1 이하로 떨어지면 폐경에 가까워지고 있다는 것이며, 수치가 낮게나올 수록 임신 가능성은 떨어진다고. 생각지도 못한 결과였다. 평소에 체력이라면 자신이 있었고, 운동도 적어도 주 2회 정도는 빠짐없이 하고 있었는데 실제 나이보다 5살이나 많다니.

"그동안 제가 너무 바쁘고 피곤한 삶을 살아서 그런 걸까요?"

그녀는 나를 위로했다. 난자의 수는 타고나는 것이기에 내 잘못이 아니라고. 오히려 이런 상황을 일찍 알았으니 나중에 결혼해서 시험관 시술로 바로 들어가면 된다고.

세차장 주인과 결혼 준비하랴, 일하랴 눈코 뜰 새 없이 바쁜 와중에도 2년 전에 선고받은 43세라는 수치가 가끔 생각났다. 지금은 두 살 더 먹었으니 난소 나이도 45세 정도는 되었을 것이고, 정상적인 임신은 불가능하겠구나 라는 걱정과 함께. 뭣 모르고 순진했던 10대 때는 생리 날짜가 지나고도 생리를 하지 않으면 '임신인가?' 하며, 지난주에 목욕탕에 가서 뭐에 접촉되었나 생각해 보기도 했다. 고등학교 때에는 학교 일진 중 누구는 중절 수술을 받았네, 사후피임약을 먹었네, 라는 각종 소문에 놀라며 임신은 조심해야 하는 것으로 생각했는데, 이제는 난임 걱정을 하고 있다니.

결혼식을 3주 정도 앞두고 산부인과를 찾았다. 불규칙하고 짧아진 생리주기에 폐경이 아닐지 걱정되어서. 2년 만에 다시 받은 AMH 검사 수치는 거의 0에 가까운 0.13이었다. 48세에 해당하는 수치였다. 시험관 시술을 한다 해도 성공을 보장하기 어려운 숫자였다. 실제 나는 두 살 더 나이 들었지만, 난소는 다섯 살이나 더 먹어버렸다니. 그 이후에 찾아간 용하다는 한의원에서는 더 충격적인 얘기를 들었다. AMH 0.13 수치를 듣고 내 진맥도 해보더니, 다음 달에 폐경한다 해도 이상하지 않은 상황이라고.

언젠가 유튜브 알고리즘으로 자동 재생된 어떤 정신과 의사의 강연을 들은 적이 있다. 그는 직업, 결혼, 출산은 자기 의지대로 할 수 없는 것이라고 했고, 당시 나는 그 말에 동의하지 않았다. 직업도 내 의지로 시험을 봐서 합격했고, 결혼도 나를 쫓아다니던 애들을 내가 뿌리쳐서 안 한 거라고. 하지만 이런 충격적인 상황을 맞닥뜨리고 나니 강인했던 내 생각이 흔들렸다. 어찌 보면 직업도 누가 나를 뽑아줬기에 가능했던 것이고, 결혼도 백 번에 가까운 소개팅과 맞선도 소용없이 알 수 없는 이끌림과 파도에 밀려서 여기까지 와버린 게 아닐까 하고. 마찬가지로 출산도 의지만 가지고는 안되는 것이라고. 마음대로 되지 않는 것이 인생이라더니.

결혼은 인생의 전환점이라는 게 틀린 말은 아니었다. 결혼 후 얼마 지나지 않아 나는 가정주부가 되길 선택했다(1년 임시직이긴 하지만). 그리고 난생처음으로 '배란'과 '난임'을 신경 쓰며 지내고 있다. 나에게 아이를 낳으라고 강요한 사람은 없다(가임기가 지난 것 같은 만 40세에게 부모님일지라도 그런 얘기는 쉽게 못 하는 것 같았다). 그저 내 마음이 헛헛했고, 평소처럼 야근하고 바쁘게 지내다가 아무 성과도 없다면, 아주 나중에는 크게 후회할 것 같았다. 그 얼마 남지 않은 시간 동안 왜 열심히 노력하지 않았냐고. 그래서 내 의지대로 할 수는 없을지라도, 마음을 닫으면 아예 못하게 될까 봐 노력은 해보기로 했다. 다행스럽게도 회사에는 난임 휴직제도가 있었고, 커리어와 개인적인 행복을 고민하다가 직장을 잠시 쉬기로 했다. 먼 나중에 스스로를 탓하고, 각종 스트레스를 탓하고, 직장생활을 탓하게 될까 봐.

삶의 패턴도 많은 변화가 있었다. 가장 큰 변화라면 아파도 웬만하면 병원을 안 가던 내가 스스로 기차를 타고 서울에 있는 병원에 다닌다는 것이다. 그렇게 자주 지나다녔던 서울역 앞 서울스퀘어 빌딩 2층에 난임병원이 있다는 것도, 평일 낮에도 몰려드는 환자에 최소 한 시간은 기다려야 한다는 것도 처음 알게 된 사실이다. 인터넷에서도 비사회적, 개인주의적 성향을 보이던 내가 시험관 시술 관련 카페에 가입해서 비슷한 처지인 사람을 보며 위로를 받고, 이걸 다 먹으면 오히려 간이 안 좋아 지지 않을까 생각될 정도로 '난자의 질' 개선에 좋다는 각종 영양제를 매일 챙겨 먹고 있다. 게다가 카페인 중독자였던 내가 가진 유일하게 값나가는 가전제품인 드롱기 커피머신은 관상용으로 모셔만 두고 있다. 술이나 커피를 권하는 의사는 없으니까.

돈 걱정 없는 사모님이 아니라 결혼 전 나 혼자 살 때보다 생활비를 더 줄여야 하는 억척 주부가 되었지만 그래도 지금 이 생활을 감사하며 지내는 중이다. 월급과 맞바꾼 대가로 알람 소리 없이 아침에 잠을 깨고, 모든 시간을 온전히 나 또는 가족을 위해 쓰고 있다. 특히 평일 낮에 코스트코와 커피숍을 갈 때마다 지금 내가 휴직 중이란 사실을 새삼 깨닫는다. 결혼 후 이런 삶을 살게 되다니, 역시 알 수 없는 게 인생이다.

# 1인 자영업자의 안주인으로 살아가기

***세상에 쉬운 자영업자는 없다***

"우린 도대체 언제 쉬는 거야?"

"비 올 때 쉬는 거지."

"지금 3주째 비가 안 오잖아. 세차장 지박령이 될 것 같아."

월급쟁이라면 대부분 이직, 퇴직을 꿈 꿔 본 적 있을 것이다. 나도 마찬가지다. 업무 스트레스가 특히 심할 때는 무슨 부귀영화를 누리겠다고 이러고 있나, 차라리 단순 노무직이 더 낫겠다고 생각한 적도 많다. 하지만 실상은 매달 받는 월급에 길들어서 낮은 임금으로는 이직할 수 없고, 임금이나 업무환경이 좋은 회사는 들어갈 수 없으며, 창업 하기에는 가진 돈도 기술도 없다. 그래서 언제나 결론은 똑같다. 참으며,

묵묵히 계속 다녀야 한다는 것.

그래서였을까. 나는 자영업자와 결혼했다. 하지만 너무 매몰차게 들릴지는 몰라도 세차장 일을 도울 생각은 없었다. 결혼식 전날까지도. 세차장 주인이 내 사무실로 와서 일을 도와줄 수 없는 것처럼, 나 역시도 마찬가지라고 생각했다. 각자의 일은 스스로 책임지는 게 당연하고, 자영업자라서 매달 수입이 들쑥날쑥하겠구나, 정도가 내가 했던 생각의 전부였다. 그랬던 나였는데, 나도 모르게 신혼여행을 다녀오자마자 자영업자 안주인 역할을 시작했다. 가랑비에 옷 젖는 줄 모르게 조금씩 조금씩.

모든 일이 다 그렇듯 시작은 단순했다. 세차장은 주말이 성수기라 그는 주말마다 가게에 나가야 했고, 집에 혼자 남은 나는 너무도 지루했다. 둘이 사는 18평 아파트에서 해야 할 집안일도 별로 없었고, 그렇다고 양심상 혼자 교외로 놀러 갈 수도 없으니. 결국 주말마다 이 도시에 있는 내 유일한 친구인 남편을 만나러 세차장으로 가면서 그 모든 게 시작됐다.

"카드 결제는 어떻게 하는 거야?"

"타르 제거제? 이게 뭐야?"

"방금 판 제품은 원가가 얼만데?"

처음에는 손님에게 잔돈을 바꿔주거나, 매장에 음악을 재생하는 정도의 단순한 일을 도왔다. 그러다가 세차장 주인이 잠시 사무실을 비웠을 때 찾아온 손님에게 내가 아무것도 할 수 없는 상황이 반복되면서 나의 배움 욕구는 시작됐다. 열심히 살아온 이 천성이 문제였다. 15년 차 사무직에게 자영업은 모르는 것투성이었고, 나의 질문 공격을 세차장 주인은 모두 받아냈다. 그것도 몇 달 동안.

그러다가 결혼하고 맞는 첫 크리스마스에 사건이 터졌다. 12월 24일 토요일, 아침부터 뭔가 심상치 않았다. 영하 10도의 강추위가 무색하게 세차장은 평소 주말보다 손님이 많았다. 추워하면서도 신난 아이들, 차려입은 옷에 뭐가 묻을까 봐 조심하는 싱글들이 오늘은 특별한 주말임을 알려주는 것 같았다. 그날은 손 세차 고객도 몰려서 나도 손 세차를 도와주다 보니 어느새 날은 어두워졌다. 그때였다. 해가 지고 저녁이 되자 갑자기 기분이 이상해졌다.

'추위를 타서 기온이 영하로 떨어지면 밖에도 안 나갔던 내가, 크리스마스 이브에 영하 칼바람을 맞으며 남의 차를 닦고 있다니. 예쁘게 차려입고 데이트 가려는 손님의 차를 작업복 차림으로 닦고 있는 신세라니.'

크리스마스이브에는 혼자서라도 와인과 케이크를 먹었던 내가 결혼 후 콧물을 흘리며 노동하는 신세로 바뀌었다는 사실에 서러움이 폭발했다. 배우자의 직업이 내 삶에 영향을 줄 것이라는 생각을 해 본 적이 없었던 건, 내 불찰이었다.

이상한 낌새를 눈치챈 세차장 주인은 급하게 어머니를 호출했다. 저녁에도 손님이 많아서 사무실을 좀 봐달라는 통화 소리에서, 오늘 저녁 뭐라도 하지 않으면 큰 사달이 날 것 같다는 조급함이 느껴졌다.

"백화점 갈까?"

"스테이크 먹을까? 아님 뭐 먹고 싶은 것 없어?"

결혼 후 첫 크리스마스이브인데 아무것도 준비한 게 없다는 서운함, 하루 종일 노동으로 인한 피로감, 처량한 신세로 바뀌었다는 서러움에 아무것도 하고 싶은 게 없었다. 그래도 밖에서 뭐를 좀 먹고 들어가는 게 편할 것 같아서 8시에도 영업 중인 중화요리집으로 갔다. 옛날 사람이라 특별한 날에 만만한 메뉴가 탕수육이었다.

사무직으로 있을 때는 보이지 않던 것들이 보였다. 언제나 음식점에 들어가면 다른 손님들이 먹는 메뉴를 봤지만, 오늘은 처음으로 음식보다 일하고 있는 직원과 사장님이 내 눈에 들어왔다. 스마트폰에서 이 식당의 영업시간을 조회했다. 밤 10시까지였다. 저녁을 먹고 집으로 가면서도 아직 불 켜진 치킨집, 삼겹살집에 눈길이 갔다. 우리는 7시 반에 매장을 나왔지만, 더 늦게까지 일하는 자영업자가 많다는 사실을 처음 알았다.

세상 물정을 너무 몰라서였을까, 가지 않은 길에 대한 동경 때문이었을까. 세차장 주인을 만나기 전에는 매일 정장을 입는 내 직업보다 자영업자가 더 낫다고 생각한 적이 많았다. 점심을 먹으러 간 허름한 식당이 손님들로 가득 차 있는 것을 볼 때마다, 내가 입고 있는 정장보다 카운터에 계신 사장님의 편한 복장이 왠지 더 좋아 보였다. 일을 막 시작했던 20대 때는 이런 생각도 했었다. 직장 동료 중에는 소위 말하는 SKY 출신이 많은데, 잦은 야근과 주말 출근으로 개인 시간을 갖기 힘든 엘리트 샐러리맨보다 내가 자주 가는 배스킨라빈스 매장 사장님이 결혼 상대로는 더 괜찮을 것 같다고.

하지만 직접 경험해 본 자영업자의 삶은 녹록지 않았다. 월급쟁이는 해본 적 없는 부가세 신고도 직접 하고, 별의별 고객도 직접 마주해야 하며, 손님이 있으나 없으나 매장을 지키는 지박령이 되어야 한다. 결혼 전에 다녔던 셀프세차장에서는 주인을 본 적이 없어서 편한 자영업자라고 부러워했는데, 어딘가에서 일을 하고 있었던 것임을 이제야 알았다.

며칠이 지나 화가 좀 수그러들었고, 내 마음을 이렇게 정리하기로 했다. 자영업자와 사는 이상, 앞으로 내 크리스마스이브는 24일이 아닌 26일이나 27일쯤으로 하자고. 그리고 아무것도 준비하지 않은 그에게 엄청 화를 냈지만, 아무 준비도 없었던 건 나도 똑같았음을 며칠이 지나고서야 알았다.

# 쌍둥이 칼 하나 못사는 자유

## *당연하다고 생각하는 기준의 차이*

'이 삼천 원짜리 다이소 칼은 10년은 된 것 같은데?'

'도마에 까만 것은 곰팡이인가?'

'이 그을린 냄비로 요리를 할 수 있을까?'

신혼여행에서 도착한 다음 날 아침, 싱크대 앞에서 나도 모르게 한숨이 나왔다. 배도 고프고, 한식도 그리워서 뭐라도 먹을 게 없을까 싱크대를 뒤지는 중이었다. 결혼 전까지는 집에서 뭘 해먹은 적이 없어서 몰랐는데, 내가 가진 주방 살림은 나 자신에게도 부끄러울 정도였다. 10년 전쯤 산 것 같은 다이소 식칼은 손 베일 걱정이 없을 정도로 무뎠고, 도마는 곰팡이로 덮였고, 은색이었던 스틸 냄비의 내외부는 갈색으로 변해 있었다. 이것뿐만이 아니었다. 싱크대 위 선반에는 엄마가 준 30년 넘은 그릇이 가득했는데, 만 36살에 중국 유학에서 돌아왔을 때 좀 있으면 결혼할 거니 그전까지 잠시만 쓰라고 엄마가 나에게 버렸던 그릇이었다.

우리는 뭐가 그리 급했는지 딱 5주 준비해서 결혼했다. 일을 하면서 셀프로 스몰웨딩을 준비하기에도 시간이 부족했기에 신혼살림은 결혼 후에 하나씩 사기로 했고, 이제는 정말 사야 할 타이밍이었다. 도마나 그릇은 어떤 브랜드를 사야 하는지 잘 모르겠기에 가장 먼저 식칼을 샀다. '독일 쌍둥이 칼'은 들어본 적 있었고, 결혼을 했다면 집 싱크대 위에 나무로 만든 칼꽂이가 있고 거기에는 칼 여러 개가 꽂혀 있어야 할 것 같았기 때문이다. 다음날 쌍둥이 모양이 그려진 아주 큰 상자가 도착했다.

"윤진아, 뭐 샀어?"

"응. 칼이 없어서 세트로 하나 샀지~ 독일 거야."

"나랑 상의도 없이? 우선 열어보자."

칼 몇 개 사는데 무슨 상의가 필요할까 싶어 대꾸도 없이 얼른 상자를 풀었다. 식칼 2개, 과일칼 1개, 가위 1개, 칼갈이 1개, 칼꽂이가 식탁 위에 놓였다. 기스 하나 없이 반짝거리는 칼을 보며 반짝이는 내 눈과는 달리, 세차장 주인의 표정은 어두웠다.

"왜? 맘에 안 들어? 이거 쌍둥이 칼 중에서도 비싼 모델이야."

"식칼도 과일칼도 너무 날카롭잖아. 특히 칼 끝 부분이 너무 뾰족해."

"아니, 칼은 당연히 날카로운 거 아니야?"

"이거 쓰다가 잘못해서 바닥에 떨어뜨리면 발가락 신경까지 나가겠는걸, 네가 정 쓰고 싶다면, 뾰족한 끝부분이라도 펜치로 좀 부러뜨려서 평평하게 하자."

지금 막 언박싱한 새 칼을 일부러 부러뜨리겠다니. 어이가 없었다. 끝부분이 뾰족한 것도 다 용도가 있을 것이고, 조심해서 쓰겠다고 몇 번을 말해도 그의 손에는 이미 펜치가 들려있었다. 그가 생각하기에 그나마 안전한 식칼은 칼 끝부분이 반달 모양으로 둥근 아시아 식도였고, 직접 개조를 해서라도 내가 산 끝부분이 뾰족한 서양 식도를 아시아 식도로 만들 기세였다. 몇 분간의 대치 상황 속에 결국에는 내가 항복하고야 말았다. 그의 완고한 입장은 단순한 지적질이 아니라, 혹시나 하는 걱정 때문이라는 것이 느껴졌다. 포장 비닐을 뜯어 버려서 환불을 해줄지는 모르겠지만 우리는 최대한 원래 상태처럼 칼 세트를 다시 박스에 넣었다.

결혼하고 나서 경제적 자유, 시간적 자유를 포기했다는 얘기는 많이 들었지만, 내 돈으로 쌍둥이 칼도 못 사게 될 줄은 몰랐다. 사소한 것에서 의견 충돌이 있을 수도 있지만 거기에 칼도 포함된다니. 주방 살림부터 침구까지 사야 할 리스트가 산더미처럼 쌓여있는데…. 접시 하나도 상의해서 사야 하는 번잡함 때문에 그중 몇 개는 안 사고 낡은 것을 그냥 쓸 것 같은 느낌이 든다.

크고 작은 결정에서 당연하다고 생각되는 기준이

서로 다를 때, 상대방의 의견을 듣고 조율하는 과정이 아직은 쉽지만은 않다. 내가 번 돈으로 내가 하고 싶은 대로 살았던 세월이 15년인데, 결혼생활 15년 차 정도 되면 유연하게 대처할 수 있지 않을까? 하는 느긋한 마음으로 이 상황을 겪어보려 한다.

축의금을 낸 친한 사람들에게 점심을 사고 회사로 돌아오는 길이었다. 결혼하고 뭐 재미있는 에피소드가 없냐는 질문에 쌍둥이 칼 얘기를 속사포처럼 했다. 얘기를 다 들은 여자 동료는 놀랍다는 반응이었다. 그걸 놓치지 않고 나는 신세 한탄을 했다.

"그쵸? 내 돈 주고 칼도 못 산다니. 이런 게 결혼인가 싶어요."

"아니요. 그 포인트가 아니라, 칼도 안 사고, 냄비도 안 사고 결혼을 했다는 게 놀라워요."

나는 세차장 주인이 이해가 안 됐었는데, 제3자가 보기에는 우리가 평범하지 않나 보다.

# 생활비를 아끼려고 집밥을 시작하다

### *집밥은 다 건강식일까?*

"쯧쯧. 집에서 일회용 종이컵이랑 종이 접시를 쓰는 사람이 어디 있니?"

"혼자 사는데도 설거지 거리가 너무 많아."

"그래도 이건 아니지. 엄마 부탁이니, 일회용은 쓰지 말자."

20대 후반, 자취를 시작한 지 3개월 정도부터 집에서 일회용 종이컵과 종이 접시를 쓰기 시작했다. 요리를 하지도 않고, 혼자 사는데도 컵이랑 접시는 왜 이리 많이 나오는지. 페트병에 입을 대고 물을 마시고, 바나나같이 접시가 필요 없는 과일을 사도 설거지 거리가 아예 없을 수는 없었다. 종이컵과 종이 접시가 필수품이 됐을 무렵 지방에 사시는 부모님이 오랜만에 자취방에 오셨다. 그 편리한 물건을 감추지 않았던 건 큰 실수였다. 그날 엄마의 꾸짖음과 글썽거리는 눈물까지 보고 난 후, 나는 더 이상 그 편리한 물건을 사용할 수 없었다.

그 이후로도 남들처럼 도자기 컵과 접시를 썼을 뿐이지 요리를 하지는 않았다. 평일은 회사에서 저녁까지 먹으니까 주말만 해결하면 되는데, 혼자 먹자고 장을 보고, 식재료를 씻고, 요리하고, 설거지까지 하는 건 너무 번잡스러운 일이었다. 자연스럽게 주말은 포장이나 배달 음식으로 연명했고, 어느새 '집밥'은 나를 유혹하는 강력한 단어가 되었다. 그리고 연애할 때 세차장 주인은 가장 강력한 단어로 나를 유혹했다.

"결혼하면 내가 저녁에 된장찌개 끓여야지."

그 말을 들을 때마다 나는 정말이지 흐뭇했다. 집안일을 할 때마다 간절히 바랐던 우렁이 총각이 여기 있었다니. 하지만 다들 그렇듯이 구 남친의 결혼 전 멘트는 지켜지지 않았다. 요리나 집안일을 분담할 때 누군가 더 잘하는 분야가 있으면 은근슬쩍 그 사람에게 맡길 텐데, 우리 둘의 능력치는 비슷했다. 헌신적인 부모님과 지금껏 같이 살았던 세차장 주인은 설거지 한번 해본 적 없었고, 나는 무늬만 자취(自炊: 손수 밥을 지어 먹으며 생활함)생이었으니. 이런 상황에서 결혼 후 얼마 지나지 않아 나는 1년 임시직 가정주부가 되었고, 양심상 대부분의 가사는 내 몫이 되었다.

나의 휴직으로 수입이 줄어들었으니, 지출을 줄이는 것은 당연했다. 회사를 다닐 때에는 매달 자동결제가 되는지도 몰랐던 네이버 멤버십, 지니뮤직을 해지하고, 약정이 끝난 핸드폰은 알뜰폰으로 갈아타도 줄어든 수입에 비하면 새 발의 피였다. 그래서 나는 인생 처음으로 큰 결심을 했다. 집밥을 해 먹기로. 누구에게는 당연한 얘기겠지만, 일회용 종이컵과 종이 접시를 썼던 내가 집밥에 도전하는 건 나름의 큰 결단이었다. 만약 내가 계속 회사에 다녔다면 요리는 생각도 안 했을 것이다. 하지만 이제는 우리 둘 다 삼식이가 되었고, 외식만 한다면 식비 때문에 정말 파산할지도 몰랐다. 게다가 임신하고자 휴직을 결심한 만큼, 건강한 집밥으로 그동안 내 몸에 쌓인 조미료를 정화하고 싶기도 했다. 그래서 매일 먹는 세끼와 세차장 주인이 점심용으로 들고 가는 도시락까지 싸는 극강의 도전이 시작됐다.

매일매일 하는 것 없이 바빴다. 우리 둘 다 아침은 간단히 먹는 것을 선호했는데, 어제 저녁 먹다 남은 한식이 아닌 새로운 간단한 아침 메뉴를 준비하는 건 절대 간단하지 않았다. 마트에 가서 장을 보고, 식재료를 손질하는 것만으로도 한 시간이 후딱 지나가고, 내가 가진 재료로 어렵지 않은 레시피를 찾는데도 한참이 걸렸다. 1~2시간을 써서 겨우 메인 요리 하나를 만들었는데, 정작 먹는 시간은 10분이고, 치우는 데는 다시 30분이 걸리는 이 비효율이란. 사 먹는 것 보다 집밥이 저렴한 이유는 만들고 치우는 사람의 노동 가치가 빠져있기 때문 아닐까.

집밥을 만든 지 한 달. 괜스레 예전의 내가 부끄럽고, 많은 사람에게 미안했다. 어제 먹은 미역국을 오늘은 안 먹겠다고 엄마에게 투정 부리고, 시어머니가 싸주신 반찬을 당연하게 가져오고, 회사 다닐 때 점심

시간 커피숍에서 가정주부를 볼 때면 '팔자 좋다'며 한없이 부러워했던 것을.

그런데 내가 만든 집밥은 과연 건강식일까? 집밥을 먹은 지도 반년이 넘었다. 외식 보다 돈이 덜 들어가는 건 확실하다. 하지만 보통 집밥이 건강식이라고 생각하는데, 내가 만든 집밥도 그런지는 잘 모르겠다. 식재료를 고를 때도 싼 거 위주로 고르다 보니 세일하는 시들시들한 채소나 중국산을 고를 때가 많다. 3,000원짜리 국산 무농약 유기농 콩나물을 지나쳐 1,200원짜리 중국산 콩으로 기른 콩나물을 고르는 식이다. 짭짤하고 달달해야 내 입맛에 맞기 때문에 설탕, 소금, 굴소스는 아끼지 않고, 1~2시간을 들여 메인요리를 겨우 하나 만들기 때문에 식단이 아주 단조롭기 그지없다. 밥 하나, 메인요리 하나, 김치 하나를 끼니로 먹는 게 과연 영양가 있는 식단이라고 할 수 있을지 모르겠다. 어떨 때는 내가 먹어도 맛이 없는데, 세차장 주인은 주는 대로 먹는 스타일이라 그가 과연 '맛'에서 만족하는 것인지도 확신할 수 없다. 한 달에 한두 번

시댁에서 저녁을 먹을 때마다 감탄사를 연발하며 먹는 그의 모습에서 나도 무언가를 느끼고는 있다.

이 집밥 도전이 언제까지 유지될지는 모른다. 냉전 중일 때는 잠시 쉬기도 하지만, 적어도 다시 복직을 하기 전까지 계속 노력은 할 것 같다. 하지만 열심히 했다고 그 결과까지 언제나 행복한 것은 아님을 이번 기회를 통해 인정하기로 했다.

2장

# 아직도 서로를 모르는 부부

## 변한 건 없다. 내가 몰랐을 뿐

### *왜 갑자기 코 골고, 이 갈고, 이불까지 말아?*

"윤진아, 너 어젯밤에 코 골고, 이 갈고, 내 이불까지 다 가져갔어."

"진짜? 어제 너무 피곤해서 그랬나?"

"… 보름 넘게 계속 피곤한 거야?"

혼자 사는 사람들은 보통 본인의 잠버릇을 알 수 없다. 코를 고는지, 잠꼬대를 하는지. 세차장 주인을 만나기 전 미혼의 직장동료들끼리 잠버릇에 관해 이야기 한 적이 있다. 한 동료는 오랜만에 엄마랑 한방에 자면서 자기가 잠꼬대한다는 것을 처음 알았다며 놀라워했다. 그녀는 수면 어플로 본인의 잠꼬대 소리를 녹음한 파일을 들려주며 우리에게도 꼭 수면 분석을 해보라고 권했다. 우리 같은 싱글들은 옆에서 말해주는 사람이 없어서 잠버릇을 모른다며. 그때 나는 자신만만하게 나는 아주 조용히 자기 때문에 그런 어플은 필요 없다고 했었는데, 그게 다 혼자만의 착각이었던 것이다.

우리는 결혼하기 전 3개월 정도를 같이 살았다. 세차장 주인도 얘기하길, 그때는 아주 조용하고 다소곳이 잤다고 한다. 아마 잠을 자면서도 예쁘게 보이고 싶은 마음에 초인적인 힘이 생겼었던 것 같다. 하지만 결혼하자마자 긴장은 풀렸고, 내 잠버릇이 시작됐다. 윗집, 아랫집에 미안할 정도로 코를 골고, 이를 갈고, 이불까지 돌돌 말아버리는 나 때문에 잠귀 밝은 그는 보름을 뜬눈으로 지내다 결국 대상포진까지 걸렸다. 연애할 때 새벽에 가끔 자다가 깨어 그를 보면 이불을 덮지 않고 있길래, 더운 걸 싫어하는 줄 알았는데 나 때문에 춥게 자는 거였던 걸까.

결혼 후에 나타난 의외의 모습은 세차장 주인도 마찬가지였다. 손재주가 좋다는 건 알고 있었지만 그가 DIY 장인일 줄이야. 전문업자에게 맡기지 않고 우선은 직접 해봐야 직성이 풀리는 성향은 가끔 나의 인내력을 시험하기도 한다. 여름에 이사를 하면서 그는 호기롭게 에어컨 이전 설치에 도전했는데, 전문업체 서비스 비용이었던 20만 원 보다 더 많은 장비를 구입했고, 하나하나 공부해야 하는 작업이라 폭염에 열흘 정도를 에어컨 없이 보내야 했다. 정리되지 않은 에어컨 선 때문에 집에 오는 손님마다 설치업체를 지적하고(직접 설치해서 그렇다고 설명하면 다들 숙연해진다), 창고에는 다른 집에는 없는 에어컨 냉매 가스통, 용접봉 등이 상시 대기 중이다.

또 다른 의외성은 그의 검소함이다. 연애할 때 선물하나 안 사줬어도 그때 나는 눈에 뭐가 씌었었는지 그의 검소한 모습이 좋았다. 하지만 이 정도로 구두쇠일 줄이야. 결혼한 지 3개월쯤 되었을까, 개인적인 물건을 거의 사지 않는 그에게 택배가 왔다. 미용실에서 봤던 바리깡이었다. 그는 바리깡을 내 손에 쥐여주며, 본인의 머리를 잘라달라고 했고, 나는 처음 해본 미용에 손이 덜덜 떨렸다. 결국 그는 쥐가 파먹은 것 같은 머리를 하고 보름을 보냈고, 가끔은 혼자서 이발을 하기도 한다. TV에서 봤던 기안84가 여기 있었다.

동거는 3개월을 했고, 결혼한 지는 1년이 되었지만 나는 아직도 그를 완벽히는 모른다. 결혼 전 알았던 그의 성향은 결혼 후에도 대부분 맞지만, 가끔은 예상치 못한 전개로 이어지기 때문이다. 하지만 곰곰이 생각해 보면, 그 의외의 행동은 나에게 아주 낯선 것이 아니다. 결혼 전에 아주 가볍게 보여준 전조증상이 이런 전개로 이어질 줄 예상하지 못했던 것들이 대부분이다. 연애 시절 음식점에 가면 1인 1메뉴만 딱 시켰던 그의 절약 성향이 결혼 후 집에서 이발을 하고, 분리수거장에서 가져온 물품을 고쳐서 다시 사용하는 것으로 팽창하는 식이다. 그래도 아직은 충분히 받아줄 만한 수준이기도 하고, 세차장 주인이 보기에 나 역시도 그럴 것이기에 가끔은 눈을 찔끔 혹은 반쯤만 감고 지나가고 있다.

**오랜 연애≠사람에 대한 완벽한 이해**

주변을 돌아보면 10년을 연애하고 결혼했는데도 몇 년 만에 이혼하는 커플도 있고, 우리처럼 연애한 지 반년도 안돼서 결혼했는데 애 셋 낳고 잘 사는 커플도 있다. 그런 케이스를 보다 보면 연애를 오래 한다고 상대방을 다 알 수는 없는 것 같다. 그저 확률을 좀 낮춰주는 게 아닐까? 뽑기에 실패하지 않을 확률을.

짧게 연애해서 위험을 감수한 선택이었지만, 나 역시 방귀 대장을 뽑을 줄은 몰랐다. 그는 대장이 민감했음에도 결혼 전 죽을 힘을 다해 방귀를 참았다. 지금 생각해도 대단한 건 퇴근 후부터 자기 전까지 십수 번 천둥 소리를 내뿜는 자연현상을 동거할 때는 어떻게 참았던 것인지. 하지만 결혼과 동시에 그의 긴장도, 괄약근도 풀려버렸다.

즉, 내 앞에 있는 상대방이 어떤 사람인지는 결혼해서 까봐야 안다. 나에게 보여준 아주 작은 언행이 어떤 식으로 확장되어 나타날지, 죽을힘을 다해 참았던 것이 언제쯤 나타날지.

# 나의 첫 생일, 집을 나간 남편

***언제나 실용적일 필요는 없다***

"좀 있으면 내 생일이잖아, 나 받고 싶은 선물 있어."

"뭔데?"

"다이아몬드 귀걸이가 너무 갖고 싶어."

속물 같이 보이겠지만, 세차장 주인과 만나고도, 결혼하고도 처음 맞는 내 생일에 다이아몬드 귀걸이가 받고 싶었다. 결혼할 때 '나는 티파니 반지 하나면 돼.'라며 유일한 예물로 380만 원짜리 반지를 받았고, 그 때는 나도 이걸로 된 줄 알았다.

스무 살 때 이런 얘기를 들은 적 있다. 귀걸이를 하면 1.5배 예뻐지고, 머리를 기르면 10배 예뻐지고, 살을 빼면 100배 예뻐진다고. 머리는 언제나 긴 상태였고,

살을 뺄 수는 없으니 내가 할 수 있는 유일한 방법은 귀걸이였다. 그때부터 귀걸이는 내 필수템이었다. 결혼하고 나서도 예전부터 애용했던 귀걸이를 착용했는데, 갑자기 왜인지 수년간 찼던 얇은 금에 큐빅이 박힌 귀걸이들이 허접하게 느껴졌다. 설상가상으로 다른 사람들을 의식하기 시작했는데, 결혼하며 받은 예물 세트 중 다이아 귀걸이를 매일 착붙템으로 하고 다니는 사람들만 왜 이리 눈에 띄는 건지.

마음속에 담아두고 표현하지 못했던 것은 미련으로 남아, 때가 되면 툭 하고 튀어나온다. 결혼할 때 예물은 반지 하나면 된다고 쿨하게 얘기했지만, 예물 세트를 받는 사람들이 내심 부러웠고 연애 기간 선물 하나 못 받았다는 보상 심리까지 더해졌다. 나는 생일 한 달 전부터 '다이아 귀걸이' 세뇌 작업에 들어갔다. 하지만 그는 내 마음이 진심이란 것을 알았는지 몰랐는지, 생일날 아침 뉴발란스 운동화를 신겨줬다. 발 볼이 넓은 나를 위해 편한 운동화를 찾아보고 주문한 마음이 고마우면서도 왜 이리 서럽던지. 생일날 아침 그 편한 운동화를 신고 그가 운전하는 차를 타고 가면서 나는 물었다.

"내가 얘기한 다이아 귀걸이는?"

"선물을 대놓고 말하는 사람이 어디 있어? 그리고 그건 너무 비싸잖아. 결혼기념일같이 다음번 특별한 날에 사줄게."

지난 몇 년을 통틀어 가장 서러운 날이었다. 결혼 후 맞는 첫 생일이.

코딱지만 한 집은 꽁냥 거릴 때는 좋아도, 상대방이 보기 싫을 때는 아주 안 좋다. 우리 집은 거실이 없고 방 두 개만 있는 구조라서, 옷방을 제외하면 사실상 큰방이 마치 원룸처럼 침실 겸 거실의 역할을 한다. 그래서 언제나 큰방에서 지낼 수밖에는 없고, 상대방이 무엇을 하는지는 고개만 조금 돌려도 다 알 수 있다.

저녁에 현관문을 열자마자 먼저 퇴근한 세차장 주인이 내 눈에 보였고, 어제까지는 멀쩡했던 이 집이 좁고 갑갑하게 느껴졌다. 그래서 나는 바로 옷방으로 직행했고, 즉흥적으로 여벌의 옷과 화장품을 싸기 시작했다. 큰 가방을 들고 현관에 다시 서 있는 나를 보고 세차장 주인은 어리둥절해했다.

"나 여행 좀 다녀올게."

"이 밤에 어딜 간다는 거야? 원하는 선물 못 받아서 그래? 내가 준비한 선물은 아무것도 아닌 거야?"

"더 이상 얘기하기 싫어. 그냥 며칠 좀 나가 있을게."

"차라리 내가 세차장 사무실에서 잘게. 내가 나갈 테니, 넌 집에 있어."

결국 세차장 주인은 자의 반 타의 반으로 밤 9시에 집을 나갔고, 생일 저녁, 나는 집에 혼자 남겨졌다. 그가 준비한 뉴발란스 운동화에 만족했으면 모두가 행복한 날이었겠지만 내 마음은 도저히 그럴 수가 없었다. 매일 내가 해주는 집밥을 먹으면서, 오늘만큼은 미역국을 끓여 주려는 마음조차 없는 것도 괘씸하고, 내가 한 얘기는 안중에도 없는 그의 행태에도 너무 화가 났다.

'결혼하면 대부분 가지고 있는 아이템인데, 마흔 넘어 갖고 싶어 하는 게 그렇게 사치인가?',

'내 돈으로도 살 수 있는 그 귀걸이를 받으려고 일 년이나 기다려야 하는 신세라니.'

'남들은 연애나 결혼할 때 명품 가방처럼 비싼 선물도 받는다는데 내가 받은 첫 선물이 뉴발란스 운동화라니',

이런 생각들로 잠이 오지 않았다.

밤 11시 반, 카톡과 은행 앱 알림이 연달아 울렸다.

'행복해야 할 생일에 내가 기분을 망친 것 같아 정말 미안해. 오늘 다이아 귀걸이를 사려 했는데 어떤 걸 사야 할지 모르겠더라. 200만 원이야. 네가 갖고 싶은 걸로 사.'

다음 날 오후. 그는 세차장 사무실이 너무 춥다면서, 옷방에서 잠만 자고 나가겠다고 은근슬쩍 집으로 들어왔다. 30분 정도를 웃방에 있던 그는, 웃방도 너무 춥다며 큰방으로 건너와서 내 옆에 앉았다. 그러고는 얘기를 시작했다.

"내가 돈을 안 쓴다고 해서, 너를 사랑하지 않는 게 아니야. 나는 그동안 나 자신한테도 5만 원 이상 돈을 써본 적이 없어. 돈을 얼른 모아서 잘 살아야겠다는 생각이 강해서 그랬는데, 앞으로는 좀 쓰면서 살아야겠다고 반성 많이 했어. 어제 내가 준 돈으로 너 원하는 귀걸이 사. 진심이야."

우리는 둘 다 서툴렀다. 연애 경험이 없는 그는 기념일에 뭘 챙겨주거나 이벤트를 해본 적이 없었고, 나도 누구를 챙겨 주지도 않으면서 드라마에서 봤던 로망만 잔뜩 있었다. 하지만 이번 일로 나는 한 가지를 배웠다. 평소에는 검소하고 실용적으로 사는 게 당연히 좋지만 언제나 그럴 필요는 없다는 것을. 평상시에도 먹을 수 있는 롤케이크나 매일 신는 운동화도 좋지만, 특별한 날에는 약간의 낭비를 해도 좋지 않을까.

물론 나도 다이아 귀걸이 처럼 비싼 선물을 매년 바라지는 않을 것이다.

하지만 다음은 내 차례였다. 두 달 뒤, 나는 집을 나갔다.

# 과연, 연리근 나무처럼 될 수 있을까?

## *두 나무 사이의 연결고리*

사람 일이란 정말 모를 일이다.
부모님도 나의 결혼을 포기하시고
더 이상 결혼 얘기조차 꺼내지 않으셨던 만 40살.
3개월 만난 남자와 결혼을 약속하고,
그로부터 5주 뒤 유부녀가 되었다.

결혼식을 쉽고 빨리했을 뿐, 결혼은 인생의 새로운 전환점이 분명했다. 늦은 나이에 아이를 갖기 위해 15년 정도를 다닌 직장을 잠시 떠나 전업주부가 되었고, 자영업자 남편의 가게에서 가끔 일을 도와주는 무임금 알바생이 되었으니 말이다.

연애 시절 나의 밤낮없는 야근으로 저녁을 함께 먹는 것이 연애의 대부분이었던 우리는 결혼 후 눈 떠 있는 대부분의 시간을 함께 보내게 되었다. 이 변화가 가져온 명암은 뚜렷했다. 함께 지내는 시간이 대폭 늘어나며 짧은 연애 기간에는 몰랐던 상대방을 알게 됐지만, 가끔은 그의 말과 행동에서 낯선 차가움과 실망을 느낀 적도 적지 않았다. 그의 따뜻한 마음씨 하나 보고 결혼을 결정했는데, 그 따뜻함이 사라졌음을 느끼는 순간은 너무 괴로웠고, 잘못된 선택이었을까 불안했다.

설거지하는 그에게 가스레인지 부분도 닦아야 한다고 했더니,

"그건 네가 좀 해라."라는 얘기를 들었고,

주말에 점심을 싸서 세차장으로 갔더니,

"내 입맛에는 별론데?"라는 얘기를 들었고,

피곤한 몸으로 손세차를 계속 도와서 팔이 아프다고 했더니,

"근육이 부족한 것 같은데, 아령 사줄까?" 얘기까지 들었을 때 나는 집을 나갔다.

일요일 오후, 간단하게 편지를 한 장 남겨놓고 완도로 향했다. 완도가 왜 갑자기 생각났는지는 모르겠다. 우리 집에서 먼 곳이기도 하고, 고향인 경상도는 가기 싫고, 답답하니 바다는 보고 싶었던 것 같다. 중간에 들른 휴게소에서 저렴한 숙소를 예약하고, 혼자 체크인을 하니 예전의 나로 돌아간 것 같았다.

다음 날 아침부터 본격적인 여행이 시작됐다. 영화 <서편제> 촬영지인 청산도로 배를 타고 들어가서는 길을 따라 하염없이 걷고, 완도타워 전망대에 올라 둥둥 떠 있는 섬들을 보고, 완도수목원에서는 남쪽 나라에 왔다는 걸 체감하는 알찬 여행이었을지는 몰라도 재미있는 여행은 아니었다. 일부러 빡빡한 스케줄을 잡았지만, 여행하는 동안 내 옆의 빈자리가 계속 느껴졌기 때문이다. 관광지에서 친구 혹은 가족끼리 온 다른 관광객들을 볼 때, 식당에 들어가서 혼자 밥을 먹을 때, 일정이 끝나고 돌아간 숙소에서도 나는 세차장 주인이 생각났다.

내가 집을 나온 일요일, 세차장 주인은 퇴근 후 식탁 위의 편지를 보고 나의 가출을 알게 되었고 시간이 지나면서 그의 반응에도 변화가 있었다.

- 가출을 알게 된 직후(일요일) : '편지 읽었어. 내가 심각하게 생각 안 해도 되는 거지? 스트레스 많이 받았을 텐데 좋은 것 보고 잘 풀고 와.'

- 가출 다음 날 오후(월요일) : '이왕 바람 쐬러 갔으니 돈 걱정 하지 말고 맛있는 것도 많이 먹고 와. 100만 원 부쳐놨어.'

- 가출 다음 날 저녁(월요일) : '걱정되니 전화는 좀 받아. 어디에 있는지는 좀 알려주라. 집에서 너 걱정하는 사람은 생각도 안 하니?'

- 가출 다다음날 아침(화요일) : '내가 다 잘못했어. 내가 재발 방지 대책도 마련해 놨으니까 오늘 퇴근하고는 집에서 봤으면 좋겠다.'

가출 3일째 아침. 오늘은 집으로 돌아가기로 마

음먹었다. 그의 빈자리도 느꼈고, 가출 생활이 더 이상 길어지면 안 될 것 같았다. 다만 가는 길에 해남 대흥사에 들르고 싶었는데, 나도 가출이 나쁜 행동이라는 것은 알기에 종교는 없지만 뭔가 속죄를 하고 싶었던 것 같다. 대흥사 경내로 들어서자마자 늠름하게 서 있는 500년 된 느티나무가 눈에 띄었다. 자세히 보니 두 나무의 뿌리가 합쳐진 연리근 나무였다. 나무 앞에 서서 삼십 분을 멍하게 보았을까, 갑자기 이런 생각이 들었다.

'지금 내가 보고 있는 연리근 나무는 특별한 울림을 주고 있지만, 뿌리가 연결되는 과정에는 무수히 많은 아픔과 갈등이 있지는 않았을까. 40년 넘게 따로 살아온 나무 두 그루가 한 뿌리로 연결되는 과정의 아픔을 우리가 겪고 있는 게 아닐까.'

우리는 다시 일상으로 돌아왔다. 우리 둘 다 서로의 빈자리를 확인했고, 배려하고 노력하지 않으면 언제든 흔들릴 수 있는 관계라는 것을 알았다. 그가 마련했다는 재발 방지 대책을 듣지 않았지만, 달라진 언행에서 그게 어떤 것이었는지는 어렴풋이 알 수 있었다.

그리고 해남 대흥사에서 봤던 연리근 나무처럼, 우리에게도 둘 사이의 연결고리가 생겼다. 생리가 나오지 않아 곧 폐경하겠구나 싶었는데, 놀라운 반전이었다. 만 41세에 예비 부모가 된 우리는 더욱 끈끈하게 연결되어 있다는 사실 때문인지 예전보다 더 관대하게 상대를 바라보며 지낸다. 세차장 주인은 이제 농담으로 이런 얘기까지 한다.

“너 이제 가출 못 해~ 나가려면 배 속에 아이는 놔두고 나가.”

하지만 나 역시 말로는 질 수 없다.

“애 낳고 나서 애랑 같이 나갈지도 몰라. 그러니까 우리 둘한테 잘해.”

편집자의 말

# 원하는 대로 되지는 않지만,

송재은

우리는 무엇이 맞는 삶인지, 내가 선택하지 않은 길이 어떤 모습인지 영영 모르고 살아가겠지요. 우리가 할 수 있는 일은 그저 각자의 기준에 맞춰 오늘의 내가 내릴 수 있는 최선의 선택을 하고, 그 삶을 소중히 살아가는 것이라는 생각을 합니다.

웜그레이앤블루는 자신만의 삶을 발견해나가는 사람들의 이야기를 찾습니다. 그것은 늘 완벽하지 않고 정답이 될 수도 없겠지만, 자신의 삶에서 무언가를 배우고, 자신만의 이유와 답을 만들어가는 사람의 이야기를 들을 때면 새로운 나를 만나게 됩니다. 그 이야기는 내 안에 정리되지 못한 채 존재하던 나의 가치관을 정리해 보게 하죠.

윤진님의 이야기를 처음 발견했을 때, '이렇게 다 말해 버린다고?' 지나친 쿨함에 놀라워하며 연재된 글을 한 번에 다 읽어 버렸습니다. 속이 시원했습니다. 완벽하지 않은 어떤 삶, 누구나 그렇지만 솔직하게 드러내기는 어려운 속마음을 다 말해주는 이 '언니'가 어떤 사람인지 궁금했습니다. 숱한 아쉬움과 후회, 미련과 걱정을 드러내는 이 담담함과 강인함이 좋았고, 타인의 삶을 훔쳐 볼 수 있어 좋았습니다.

아름다운 문장으로 표현한 인생을 읽을 때면, 세상을 시적으로 보는 방식을 배우는 기분이 듭니다. 하지만 삶을 늘 포장지에 감싸 들고다닐 수는 없지요. 저는 제가 딛고 선 현실을 이야기 하는 투박한 문장도 무척 아끼고 좋아합니다.

<혼자 살기 지겨워졌다>의 윤진님은 자발적으

로 혼자 살기를 선택했던 것은 아니지만, 살다보니 그렇게 됐고, 그럼 그런대로 매순간 최선의 선택을 하며 살아갑니다. 그러다 보니 어쩌다가 둘이 되고, 셋이 됩니다.

우리의 삶이란 대체로 그런 것 같습니다. 꼭 그러려고 한 건 아닌데, 원하는 대로 알아서 굴러가질 않으니 세상과 줄다리기 하듯, 줄 건 주고, 주장할 건 주장하면서 삶의 균형을 맞춰갑니다. 혼자인 것에도 장단이 있고, 둘이 살아도, 셋이 살아도 그렇습니다. 다만 어떨까 고민하는 것만으로는 충분하지 않을 때가 많지요. 그래서 우리는 영화를 보고, 책을 읽고, 대화를 합니다. 가끔은 나를 모르는 사람들과 고민을 나눌 때 솔직해질 수 있기도 합니다.

저는 이 책을 읽으며 제게 솔직해지는 기분이 좋습니다. 윤진님의 삶을 들여다보며 그녀를 얼마나 이해하고 하지 못하고를 통해 나는 어떤 사람인지 발견해 갑니다. 이야기의 말미에서, 당신을 더 알게 되었기를 바랍니다.

# 혼자 살기 지겨워졌다



글

**김윤진**

초판 1쇄 펴냄 2024년 7월 1일

편집 **송재은**

디자인 **김현경**

펴낸곳 **warm gray and blue (웜그레이앤블루)**

이메일 **warmgrayandblue@gmail.com**

인스타그램 **@warmgrayandblue**

출판 등록 **2017년 9월 25일 제 2017-000036호**

ISBN **979-11-91514-30-8(03810)**